新 潮 文 庫

サロメの乳母の話

塩 野 七 生 著

岩波文庫

イエス の 生涯 の 話

山室 民子 著

岩波書店

目次

サロメの乳母の話

貞女の言い分

二十年！

なんと二十年間でございますよ、夫のオデュッセウスが、家をあけていたのは。そのうちの十年が、トロイの戦場で、あとの十年間が、神々の怒りによって放浪させられたためで。というわけで、合計二十年間も家にもどって来なかった夫を、浮気もせずに貞淑に待ったのがこのわたくし、ペネロペ、女の鑑《かがみ》というわけでございます。

夫のオデュッセウスが、イタケの島の男たちを引き連れて、トロイを攻めに行くギリシア連合軍に参加するために発《た》って行ったのは、二十年も昔のことでも、まるで昨日起った出来事のように、眼の前にあざやかによみがえってまいります。

夫は、アルゴスの王アガメムノン、スパルタの王メネラオス、ギリシア第一の武勇の持主とつとに評判のアキレス、智恵《ちえ》に優れたピュロスの君主ネストルなどのような、ギリシア中に名を知られた殿方と一緒に戦えるのが、大変に嬉《うれ》しいようで、ギリシア軍の総大将アガメムノンからの参加を推《すす》める使者を迎えてから、出陣の前日まで、まるで酔ったように、わたくしに向って同じことをくり返したものでした。

「ペネロペ、これは、わたしに神が与えてくださった絶好の機会なのだよ。男には、その生涯に、一度は必ず、神がその才能を発揮する機会を与えてくださる。わたしにとっては、このトロイ攻めだ。わたしは、誓って、この神の恵みを見事に返してみせるからな。見ていてくれ。ギリシア全土に、イタケの王のオデュッセウスの名をとどろかせてみせる」

そう言う夫の眼の輝きは、何年か前に、スパルタにいたわたくしのところに来て、

「片田舎だと思わないで、イタケのわたしのところに嫁いでください。あなたを、絶対に幸福にしてみせる。オデュッセウスの妻ペネロペの名を、人々が口にする時、敬意と憧《あこが》れが、それらの人々の心の中にまき起るようにしてみせるから」

と言った時と、まったく同じでした。あの人は、それがなんであろうと、ある一つのことに夢中になると、相手の心まで酔わせてしまうようなところがあるのでございます。

そんなオデュッセウスにとっては、総大将アガメムノンや副大将メネラオスが、アジアの最大の都トロイを攻めるこのたびの戦争を、ほんとうはどのような気持ではじ

めたかなど、無関係なことであったにちがいありません。「トロイ戦争」という、全ギリシアと、アジアを代表するトロイとがぶつかる歴史的な出来事に、自分も参加でき、イタケの領主でくすぶっていたオデュッセウスも、その晴れの場で、持てる力を充分に発揮できそうだという期待だけが、夫の心を占めていたのですから。

もちろん、頭の良いオデュッセウスのことでございます。トロイの王子パリスと道ならぬ恋に落ち、夫も故国も捨てて若い恋人と逃げたスパルタの王妃ヘレナを、取りもどそうとしてトロイに軍を進めるスパルタ王メネラオスには、王妃への愛など少しもなく、ただ、体面を傷つけられた憎しみしかないことも、充分に知っていたことでございましょう。また、メネラオスの兄、アルゴスの王アガメムノンが、ギリシア全土にトロイ攻撃の軍の結成を呼びかけた真意が、特別に仲が良かったわけでもない弟に、名誉を回復してやろうというのではなく、この機会に、アジア最大の豊かな都トロイを攻め、その富をわがものにしたいということにあったのも、オデュッセウスには、わかりすぎるぐらいにわかっていたのです。

ですから、オデュッセウスが、アキレスのように、もう名を知らせる努力も不必要なほどの、名声に輝く人であったならば、アガメムノンからギリシア軍参加を乞《こ》われたアキレスが、女装して女たちの中に隠れなどして、参加をためらったように、オデユッセウスだって、ああも簡単に、しかもいそいそと、トロイに出かけては行かなかったにちがいありません。でも、オデュッセウスは、ギリシアの辺境と言ってもよい、小さな島イタケの領主。常日頃から、自分の才能は、この小さな世界では生かしきれないという、あせりを感じていたようでございます。

トロイ攻など行きたくないと言うアキレスを、策略をめぐらせて、参加にふみきらせたのも、夫のオデュッセウスでございます。

ギリシア連合軍にアキレスが参加するかしないかは、総大将のアガメムノンにとっては、ギリシア軍の戦力を左右する重大問題でしたが、オデュッセウスには、それだけではありませんでした。ギリシアの英雄アキレス不参加のギリシア軍など、オデュッセウスが、生涯一度の男の勝負をしようとする場として、なんとしても画竜点睛《がりょうてんせい》を欠くというものです。オデュッセウスにしてみれば、このためにも、どうしたってアキレスには、参加してもらわねばなりません。それで、アガメムノンまで感謝するほど、アキレス参加を実現するために努めたのでございます。

まったく、わが夫ながら、あの人の頭の働きの複雑さには感心してしまいます。智恵の女神アテネの大の御気に入りとの評判も、なんだかほんとうではないかと思ってしまうほどに。

でも、そのためか、妻のこのわたくしまでが、裏の裏の裏を見る、オデュッセウス式ものの見方に、染まってしまったようでございます。夫婦ともなると、どうしたって互いに似てくるものなのでしょうか。詩人ホメロスは、わたくしの名を歌う時に、聡《さと》い心のペネロペは、というふうに、聡いという形容詞をつけたほどです。女にとって、それほど嬉しい形容ではないと思うけれど。

トロイ戦争の十年間は、イタケの留守宅を守るわたくしにとっても、嬉しいことの多い、それだけに長いとは思わなかった十年間でございました。

夫が出陣して後、まもなく生まれた息子のテレマコスを育てるのに、夢中であったためもありましょう。健康に心優しく育つテレマコスの成長ぶりは、いつも一緒のわたくしでさえ、一日ごとに新しく気づくことばかりで、子を持った母親の幸せを、充分に味わう毎日でした。

よく言うではありませんか、女は子を持つと、夫のことなど頭から消えてしまうものだと。大きな声では言えませんけれど、わたくしにも同じようなことが起ったのです。成長していく息子を眺めていると、かつてはあんなにも大切に思っていた夫が、それほどでもない存在に変っているのに、自分自身で驚くというふうなことが。戦場にあるオデュッセウスの安否が、気にかからなかったわけではありません。ただ、オデュッセウスという夫は、遠くにいてもちゃんとやっていけると、妻に思わせるタイプの男なのです。あの頭の良い人が、そう簡単に死ぬわけがない。これを信頼と呼ぶのか、それともなんと呼ぶのか、なにしろそんなふうな感情を、妻が持つしかない夫なのだからしかたがありません。

　それでも、夫のオデュッセウスは、遠いトロイの戦場から、伝《つ》てを見つけては、わたくしにいろいろな知らせを送ってきました。

　トロイ戦争は、ギリシア人とトロイ人が戦っているだけでなく、オリンポスの神々も、二手に別れて戦っており、トロイ側には、アポロンとヴィーナスが味方し、ギリシア軍には、アテネとジュノーとが応援しているのだということ。

　そのためもあって、戦況は一進一退。トロイの防衛軍は、プリアモス王の第一王子で、パリス王子の兄であるヘクトルの指揮の見事さもあって、なかなか手強《てごわ》く、ギリシア軍も苦戦を強《し》いられていること。

　総大将アガメムノンとアキレスの間が不仲になって、アキレスが戦線を脱けてからは、ギリシア軍の劣勢はおおいがたく、もはや、敗《ま》けて国にもどるしかないのではないかと、ギリシア軍の多くの兵士は思っていること。

自分オデュッセウスは、この混迷の中にあっても、ギリシアの武将中唯一人《ただひとり》の冷静な指揮官として、アガメムノンやアキレスまでが、無視を許されない存在になったこと。

こんなことを記した手紙を受取るたびに、嬉しいと思うよりも、あの人らしくやっていると思うことのほうが多かったものでした。

そして、敵将ヘクトルの戦死、ギリシア第一の勇将アキレスの戦死を報じた手紙がとどいてから、どれほどの月日が経《た》っていたでしょうか。トロイ落城を告げる知らせが、イタケにまでもたらされるまでに。

この知らせの中で、オデュッセウスは、誰にも隠さない素直さで、劣勢のギリシア軍を敗走から救い、トロイを陥落させた第一の功労者は、この自分だと書いております。そして、有名な木馬の計についても、得々と、こんなふうに書いてまいりました。

「わたしが考案し、船大工のエペイオスに命じてつくらせた大きな木馬は、眺めるだけでも見事なものだった。

わたしは、その木馬の中に、ギリシア軍の中でもとりわけ勇敢な兵士たちを選んで隠した。そして、それを、夜中秘《ひそ》かに、トロイの城門の前に捨て置かせた。残りの全軍は、退却するふりをして船に乗り、浜辺から離れ、トロイのどんな高い塔からも見えない、近くのテネドスの島に隠した。

明け方、木馬を発見したトロイ人たちは、附近にギリシア軍の姿も見えないところから、木馬をかこみ、口々に言い合っていた。

敵兵が隠れているかもしれないから、槍《やり》で木馬の脇腹《わきばら》を突いてみよう、と言う者がいた。

また、高い崖《がけ》の上に引いていって、岩から投げ下ろそう、と言う者もいた。

その他に、これは神々をなだめる捧《ささ》げ物として、ギリシア人が置いていったにちがいないから、城壁の中に入れて、祭りをすべきだ、と言う者もいた。

こういう外の言い合いは、木馬の中にいてもよく聴こえたのだ。結局、トロイ人たちの多くは、第三の考えに同調したらしかった。木馬は引かれて、城門を通り、トロイの都の中央広場に安置されたからだ。

その夜は、勝利を祝う祭りで、夜ふけまで騒ぎは続いた。ギリシア軍は、十年の戦いでも勝てなくて去って行ったのだから、ヘクトル以下犠牲も多かったトロイの人々にしてみれば、どれだけ祝っても、祝い足りない想《おも》いであったのだろう。だが、その間、われわれギリシア兵は、じっと木馬の中で、食べも飲みもせず、辛抱強く時の満ちるのを待っていたのだ。

夜もふけた頃になって、周囲が眠りに落ちたのを確かめて、木馬の腹の部分の隠し戸を開けたギリシア兵は、一人ずつ、物音もたてずに外にすべり出た。そして、見張りを殺し、城門を内側から開けるのに成功したのだ。テネドスの島にひそんで待っていたギリシアの全軍も、その頃にはすでに、トロイの城壁の前にもどっていた。

後は説明するまでもあるまい。安眠していたところを襲われたトロイ人は、思いもしなかった敵を間近にして、抵抗らしい抵抗ができるわけがない。侵入したギリシア軍の前には、逃げまどう群衆がいるだけだった。われわれを十年もの長い間苦しませたトロイも、こうして落城したのだ。プリアモス王もパリス王子も、多くのトロイの貴人も戦死した。

おまえの夫オデュッセウスは、トロイ陥落の第一の戦功者として、トロイの富の大きな部分の分配にあずかった。わたしより多く戦利品を得たのは、総大将アガメムノンぐらいのものだろう。これらを持って、すぐにも故国イタケに帰るつもりだ。おまえも、ギリシア軍第一の智将オデュッセウスを夫に持ったことを、誇りに思うにちがいない。では、近々の再会を楽しみに」

このような手紙がとどき、十歳になっていたテレマコスに、父上が帰られる話などをして待っていましたのに、夫は、いっこうに帰国しないではありませんか。それどころか、あれほどひんぱんに、トロイ戦争の十年の間中、戦況や自分の手柄など細かく知らせてきたオデュッセウスが、この手紙を最後にして、なんとも言ってこなくなったのでございます。トロイを出港して、帰途の船路についているのかどうかさえ、わからない有様。まるで、蒸発でもしてしまったかのようでした。

そのうち、ピュロスに、ネストル王が帰国したとの噂《うわさ》を、人伝てに聴きました。また、テッサリアには、トロイで戦死したアキレスの息子が帰ったとのことも、風の便りで知りました。

そして、あの怖《おそろ》しい知らせも、メネラオス王がヘレナ王妃を連れての帰国でわくスパルタからの旅人の言葉で、知ったのでございます。

ギリシア軍総大将、アルゴスの王アガメムノンが、首都ミュケナイに凱旋《がいせん》した後まもなくして、不貞な妻クリュタイムネストラによって、浴室の中で暗殺されたという怖しい出来事のことでございます。

わたくしは、不貞を働いたクリュタイムネストラや、また、夫を捨てて恋人とともに逃げたスパルタのヘレナを、悪い女だと思ったことはありません。そんなことで、アトレウス家の二人の兄弟が、神にのろわれているなどとも、考えたことはありません。それよりも、ギリシア軍の三人の重要人物のうち、武勇では第一と言われたアキレスはすでに戦死し、今、総大将のアガメムノンも、不慮の死を迎え、残るのは、ギリシア軍第一の智将と誉れの高かった夫、オデュッセウス一人。そのオデュッセウスの行方を、知る者は誰もいないのです。

アガメムノンの死を伝えてくれたスパルタからの旅人は、わたくしの耳許《みみもと》で、

「トロイ戦争の勇者たちは、みな神にのろわれ、いずれは死ぬという噂です」

と、なんとも不吉なことまでささやくではありませんか。一年が過ぎる頃から、わたくしには、夫が、もうこの世の人ではないのではないかと思える時が、多くなってきたのでした。

その頃からでございます、わたくしに再婚せよと迫る男たちがあらわれたのは。

みな、イタケやその近くの島々の領主たちで、はじめのうちは、申しこみぶりも親切で、

「女一人の身で息子をかかえ、イタケの島を取りしきっていくのはさぞかし大変であろう。オデュッセウス殿も、消息がつかめず、もうこうなっては、死んだと思うしかあるまい」

と、わたくしをなぐさめるような感じだったのでございます。それを、わたくしが、「まだ、死んだという知らせも受けていない以上、夫の葬式も出すわけにはいきません。葬式も出さなければ、未亡人でもなく、再婚など、とても。それに、幼いテレマコスもいることですし」

と答えますと、その頃はまだ、彼らはおとなしく引き下がったものでした。

ところが、それが二年も続くと、その人たちの態度も、少しずつ変ってきたのでございます。もう、なんと言いのがれしようとも、簡単には引き下がらなくなりました。それでやむをえず、わたくしは、いつも使っているはた織り機を示して、

「これで、大きな美しい織物を織りましょう。それが織り終るまで、この話はなかったことにしていただきたいのです」

と、告げたのでございます。これには、誰も不満を述べるわけにはいかなかったので、申しこみ者たちはみな、それまで待つことで一致したのでした。

わたくしが、クリュタイムネストラやヘレナとちがって、世にもまれな貞淑な女であったというわけではありません。行方知れずの夫を、だからいつまでも待てるだけの、精神的強さも確信もあったわけではありません。ただ、求婚者たちの誰一人として、わたくしの心をほぐすほどの男がいなかったことと、あの利口者のオデュッセウ

スが、トロイとイタケをへだてる海に、そう簡単に吸いこまれてしまうわけがないと思う心が、再婚にふみきるのを、わたくしにためらわせた真の理由でした。

ところが、三年ほどして、わたくしの計略に、求婚者たちが気づいてしまったのでございます。わたくしの計略というのは、昼間織った織物を、夜になってほどいてしまうということでした。これを他人にわからないように上手《うま》くやったのですが、とうとう気づかれてしまったのです。

「どうりで、いつまで経っても織りあがらないと思っていた」

と言って、求婚者たちは、ひどく怒ったのです。その後は、再婚の迫りかたもひどくなり、果ては、わたくしとテレマコスが留守を守る屋敷に入りびたり、夜ごとの宴会に、オデュッセウスのものを飲み食い放題という始末。わたくしにはなにもできず、テレマコスの怒りも、

「おまえの身になにか起ったら、その時にはわたしは、生きていられないのだから」

と言って、静めるしかありませんでした。

成長しつつあった息子には、根が気丈な子であるだけに、母の求婚者たちの横暴が、耐えがたかったのでございましょう。ある時、わたくしに向って、行方不明の父親を探しに行きたい、と申したのでございます。

「行っておいで。でも、まず、トロイから帰還されているピュロスのネストル殿と、スパルタのメネラオス王の許に行って、父上のことをたずねることにしたらどうかしら」

これが、母のわたくしにできた唯一《ゆいいつ》のことでした。

ところが、テレマコスの出発から一年も経ないある日、なんとオデュッセウスが、ひょっこり帰ってきたではありませんか。それも、すぐにわたくしの許に駆けつけたのではなくて、豚飼いのエウマイオスのところへ、まず行ったのでした。豚飼いの犬が、動物特有の鋭い感覚のせいでしょうか、かつての主人を見分けたと申します。オデュッセウスは、そこで、これも帰国したばかりの息子テレマコスと会ったのでございます。そして、自分がすでにイタケに帰っていることを、息子の口を通じて、わたくしに匂《にお》わせたのでございました。

その後で、夫は、みじめな年老いた乞食《こじき》に身をやつして、自分の屋敷へもどって来たのです。屋敷にとぐろを巻いている、横暴な求婚者たちの眼をあざむくためであったと申します。そして、オデュッセウスの消息にくわしい者ということで、わたくしのそれを聴かせてほしいという願いを聴き容《い》れて、わたくしの前に立ったのでございます。

わたくしに、二十年の歳月のへだたりがあったから、自分の夫が一眼で見抜けなかったと、ホメロスは書きました。ところが、わたくしには、すぐにオデュッセウスとわかったのでございます。彼の足を洗った老いた乳母が、昔からあった足の傷に気がついて、わたくしに目くばせをする前から、ちゃんとわたくしには、眼前にいる乞食が、オデュッセウスとわかっていたのでございます。

ただ、わが夫よ、と呼びかけるのをわたくしに思いとどまらせたのは、オデュッセウスを良く知っているというその乞食、実はオデュッセウスその人なのですが、が語りはじめた漂流記というのを聴いているうちに、わたくしの心が固くなってしまったからでございます。乞食に身をやつしたオデュッセウスが語るには、

トロイの都が陥落した後、トロイ戦争の第一の功労者であったオデュッセウスは、トロイ側に味方した神々の怒りをのがれることができなかったこと。とくに、神々の第一人者ゼウスと海の神ポセイドンの怒りはすさまじく、トロイからイタケへ向けて船出したオデュッセウスと家来たちを乗せた船は、漂流を余儀なくされたこと。

その途中で出会った女神カリプソは、オデュッセウスを夫にしたいと願って引き止め、あらゆる策を用いたので、ふり切るのに七年もかかったこと。

それに成功して再び海に出たが、またも神の怒りのために漂流し、キコーン人の島に漂着したり、花を食う食蓮人《しょくれんじん》の島にも上陸した。食蓮人の食す花を食べると、誰でも故郷を忘れ、もう国に帰りたくなくなる。オデュッセウスは、故国にもどりたくないと言い張る家来たちを、無理矢理に船に連れもどさねばならなかったこと。また、不死の神々の支配する、キュクロプスの島にも漂着した。彼らは、人間の肉を食う人種で、その眼をつぶして、島からのがれるのに成功したこと。しかし、魔法の女キルケの住む島に漂着してしまい、オデュッセウスを夫にしたいと思うキルケによって、家来たちは豚に変えられてしまったこと。その後、オデュッセウス一人裸体にされ、床に入れと推《すす》めるキルケの言葉に従うしかなかったこと。そうでなければ、オデュッセウスも、豚に変えられてしまったであろうから。

ようやくキルケの誘惑をふり切って船出してからも、地中海の端にある死者の国に漂着したりして、なかなかイタケに帰れなかったこと。死者の国では、亡《な》き母の霊や、トロイの戦争で死んだ数々の英雄たちに再会もしたこと。とくに、アキレス、アイアスの霊とは、久方ぶりの話をしたこと。

オデュッセウス、いえ、乞食の話は、なかなかつきませんでした。彼によれば、これらはみな、オデュッセウスの智《ち》を憎んだ神々の怒りの結果で、オデュッセウス自身は、片時も故国と妻のペネロペを忘れず、十年の漂流の間、故国に帰りたい想いで泣いてばかりいたということです。

でも、それにしては、オデュッセウスと家来たちの漂流した先が、そろいもそろって、官能的な地中海世界の中でも、風光明媚《めいび》、気候温暖、食べ物は美味《うま》く、美人の産地として名高い土地ばかりではありませんか。もしも、漂流先が、灼熱《しゃくねつ》の砂漠であったり、鉛色の北の海であったりしたら、わたくしだって、神々の怒りによってというのを信じたでしょう。

そのうえ、夫の物語りには、証人が一人もおりません。家来たちは、食人種か一つ眼の巨人だかに食われてしまったとかで、イタケに帰ってきたのは、オデュッセウス一人だけなのです。ほんとうは、カリプソだかキルケだか、そういう女たちに夢中になって、故国にもどる気を失ったにちがいないのですが。

こんなわけで、オデュッセウス自身も、トロイ陥落という大事業を終えてすぐ帰国する気になれず、家来ともども、地中海世界のあちこちを寄り道しての、帰宅の遅れというのが、わたくしの達した結論でございました。あの奇想天外な漂流記も、寄り道を正当化するため考えついた、あの人のでっちあげだということ。木馬の計を考えついたほどの男でございますよ、オデュッセウスという男は。それにしても、十年とは。また、なんと長い寄り道をしたことか。

ですから、自分がオデュッセウスだと打明けた後でも変らないわたくしを、夫は、こんなふうに言ったものでございます。

「不思議な女だな、オリンポスの神々は、きっとおまえに、かよわい女たちにまして、かたくなな心をお授けになったのだな。どんな女でも、数々の苦労を経て二十年目に故国に帰った夫に、こうも薄情に知らぬ顔で離れてはいまい」

なにが、数々の苦労を経た二十年目でしょう。それは、わたくしのほうこそ言いたいこと。

でも、まあ、帰って来たのは事実です。カリプソだろうがキルケだろうが、ナウシカだろうが、女のことなどは忘れることにいたしました。わたくしども二人は、その夜、二十年目に、甘い愛の交りを楽しんだのでございます。

横暴な求婚者たちが、オデュッセウスの智と勇によって全滅したのは、言うまでもありません。

さて、以上が、オデュッセウスの漂流記を歌ったホメロスの説に対する、ペネロペの言い分でございます。世界文学の古典も、女の側から見ると別の話にもなるという、例の一つということで……。

著者註……あるイギリスの学者の述べるところでは、この夫婦は、夫の帰国後まもなく、離婚したということである。そして、ペネロペは、生地のスパルタにもどったという。もしもこの学説が正しければ、不在がちであった夫が急に家に居つきはじめるという現象の危険性は、三千年の昔から変らなかったということになるのだが。

ちなみに、夫の言い分も聴いてみたいと思われる方は、拙著『イタリア遺聞』中の一篇「オデュッセイア異聞」をどうぞ。

サロメの乳母の話

お姫《ひい》さまについては、それはもう、たくさんお話しすることがございますよ。あのお方ほどまちがった噂《うわさ》でかためられた方も、そうそうはいないでしょうからね。

わたくしは、なにもかも知っているのでございます。なにしろ、お姫《ひい》さまの生まれた時から、ずっとおそばに仕えてきたのですから。とは言っても、お乳をさしあげたわけではございません。お姫《ひい》さまにお乳をさしあげたのは、ユダヤの羊飼いの妻で、無知な、あいさつの仕方も知らないような女でしたが、健康で、そのうえ良い乳がたくさん出るので、ヘロディアデさまが、生まれてくる子のためにと、あらかじめ雇っておいた女でございます。ですから、わたくしの仕事は、お乳をあげる以外のすべてで、お姫《ひい》さまをお世話申しあげることでした。

ことわっておきますが、わたくしはユダヤの生まれではございません。エジプトの女でございます。それも、女王クレオパトラの宮廷に仕えていた官女と、ローマの騎士との間に生まれたのがわたくし。血管の中には、誇り高いエジプト女の血と力強いローマ男の血が、流れているのでございます。

お姫《ひい》さまは、ほんとうにわたくし一人でお育てしました。母御のヘロディアデさまは、あのように頭から足の先まで女であるような御方で、娘がいるなどということは、忘れていらっしゃる時のほうが多かったのではないかと思います。最初の夫フィリッポさまと結婚なさっていた頃は、フィリッポさまのことばかり考えていらっしゃいましたし、その後フィリッポさまの弟君ヘロデ王と結婚なさってからは、それこそヘロデ王のことばかりが頭を占めているという具合で、娘の養育など、わたくしにまかせっきりでございました。

でも、お姫《ひい》さまは、親御方の無関心もよそに、利発に美しく育っていきました。わたくしのことを、乳母、乳母とお呼びになって、とてもなついて、わたくしもそのたびに、愛《いと》しく思うとともに、また責任も感じるのでした。

お姫《ひい》さまが、十五歳を迎えられた年のことでございます。その年のユダヤは、いつになく物情騒然としており、死海のほとりに預言者があらわれたとか、救世主《メシア》のあらわれるのも間近だとか、人々は寄るとさわると、そのようなことを噂し合っていたのでございます。世間とは離れた宮殿の中にも、不穏な外の動きはなんとなく伝わるもの。奴隷女《どれいおんな》が口答えをしたり、馬丁の馬の手入れが充分でなかったりして、ヘロデ王も、お気にさわることが絶えなかったのでした。王さまは、ユダヤを領する王とはいえ、強大なローマ帝国から、言わば統治を託されているのがほんとうの立場、しかも反ローマの感情が強い臣民の無視も許されぬとあって、このようなことがなくても、もともと多くの難問をかかえられた方であったのでございます。

それなのに、死海のほとりにあらわれたという預言者は、ヘロデ王を名指しで、公然と攻撃しだしたのでございます。

「姪《めい》であり、兄の妻であるヘロディアデをめとったヘロデ王は、モーゼの律法に反する罪人である」

でも、ヘロディアデさまの父上とヘロデ王は、兄弟とは言っても、母親がちがうのでございます。また、兄の妻をめとったと言われても、夫に放って置かれた兄嫁に、弟が同情し、それが自然に愛の形に生長したので、そんなに非難されるほどのことでもないと、わたくしならば思いますが、厳格で、人間の情よりは律法を優先するのが好きなユダヤ人のこと、彼らにすれば、立派に非難に値することだったのでございましょう。そして、攻撃の矢面に立たされたヘロデ王もまた、ユダヤ人の一人でございました。

ヘロデ王は、このヨハネという名の男のことが、頭から離れなくなったようでございます。人をやって、いろいろと調べさせたようでした。

先代のヘロデ大王の治世の時代、ザカリアという名の祭司がいて、その妻はエリザベートという名であったこと。二人とも神の律法を正しく守る人であったが、エリザベートはうまずめで、ザカリアの願いにもかかわらず、二人の間には子が生まれないままに、夫婦とも年老いてしまったこと。ところがある日、ザカリアの前に大天使ガブリエルが姿をあらわし、こう告げたというのです。

「怖《おそ》れるな、ザカリア、お前の願いはききいれられた。エリザベートは子を産むであろうから、その子をヨハネと名づけよ。

その子は、主の御前に偉大な人であり、葡萄酒《ぶどうしゅ》と酔うものとを飲まず、母の胎内から聖霊に満たされ、イスラエルの多くの子らを、神なる主にたちかえらせ、預言者エリアの精神と力とをもって、主に先立つ人である。それは、父の心を子に、そむく人を義人に立ちかえらせ、主のために、ととのえられた民を準備するための人である」

九カ月して、老女エリザベートは子を産み、それがヨハネであるということでした。

ヘロデ王は、このヨハネが成長して、らくだの毛皮をまとい、腰に皮ひもをしめ、いなごと野蜜《のみつ》を食べながら砂漠で修行したのだということも知ったのでございます。また、イェルサレムとユダヤ全国、ヨルダン河のほとりに至る全地方の人々が、ヨハネのところに来て罪を告白し、ヨルダン河で洗礼をうけているという話も、王の耳にとどいたことでしょう。

このような男から非難されたヘロデ王の苦悩は、そばで見ていても気の毒になるほどでした。ヘロディアデさまを、心から愛しているのです。それでいて一方では、預言者とか救世主とかが頭から離れない王には、ヨハネの告発が怖《おそろ》しく響くのでしょう。ヘロディアデさまのほうは、愛する男がそばにいてくれれば、あとは誰になんと言われてもかまわないというふうで、かえって毅然《きぜん》として見えました。

その年の秋でございます。ついに、ヘロデ王が、洗礼者ヨハネと呼ばれる男の逮捕にふみきったのは。

わたくしも、王宮に連行されてきた時、この男を見ました。まず、若い男なのが、なにか予想を裏切られたような気がいたしました。預言者は、みな、杖《つえ》をついてでなくては歩けない、老人だと思いこんでいたものですから。それが、三十歳になったかならないかの、若い男なのでございます。伸びるままに放っておかれた髪とひげが、砂と陽光に焼かれたためか、赤茶色に変っています。噂されたように、身につけているのはらくだの毛皮を皮ひもでしめただけのもの。これも砂と陽光に乾ききって、まるで羊皮紙をまとっているかのようでした。

それでも、少し注意して見れば、この若い男はなかなかの美男であるということが、女ならばわかります。サロメさまも、わたくしのそばに立って、連行されてきたばかりのこの預言者という男を眺めておりましたが、どことなく、興味を魅《ひ》かれた御様子でございました。ヘロデ王は、この男を、そのまま王宮の中にある牢屋《ろうや》に入れてしまいました。裁きをつけるわけでもなく、かといって殺してしまうわけでもなく、宮廷の人々は、王の気持を計りかねて、いろいろと噂し合ったものでございます。

ヨハネが入れられたのは、王宮の裏庭に面した牢でございました。暗くじめじめした地下牢ではなく、陽こそ当りませんが、風通しもよく、夜には、牢の片すみに積まれたわらにくるまっていれば、砂漠の寒さもそれほど苦になることもありません。ヨハネと呼ばれる若い男は、この牢の中で、終日もの想《おも》いにふけっている様子でございました。

ある日、サロメさまが、裏庭へ行ってみようとおっしゃったのです。このような時、なぜと問いかけても、打ちあけて答えてくださるようなお姫《ひい》さまではないことは、お育てしたわたくしが、誰よりもよく承知しております。それで、その時も、わたくしはなにもきかずに、お姫《ひい》さまの後に従ったのでございます。ユダヤの王の庭園といっても、所詮《しょせん》裏庭なのですから、花園もなければ噴水もありません。何本かの糸杉がそびえているのと、誰かが置き忘れたらしい、古びた荷車が一つあるだけの空地でございます。そこを、お姫《ひい》さまは、別になにを眺めるでもなく、牢屋のほうに眼をやるでもなく、わたくしに話しかけるでもなく、気のむくままに散策なさるのでした。でも、そんなお姫《ひい》さまは、遠くから眺めると、風にそよぐ野の百合《ゆり》にも似て、美しく優雅でいらっしゃいました。

そんなことが何度か重なった、ある日のことでございます。わたくしが用事を片づけるのに手間どって、お姫《ひい》さまのお伴が、少しばかり遅れたのでございます。遅れて駆けつけたわたくしの見たものは、いつものように風に吹かれるように庭を散策なさるお姫《ひい》さまと、牢屋の鉄格子《てつごうし》の後ろに立って、そんなお姫《ひい》さまの姿をじっと眼で追う、ヨハネと呼ぶ男でございました。

その翌日、お姫《ひい》さまは、はじめて鉄格子の前に立たれたのでございます。その日は、若い男は、悪魔から身を避けるかのように、牢屋の壁に身体《からだ》をくっつけるようにして、逃げられるものならすぐにも逃げ出したい様子でした。王宮に連行されてきた日の猛《たけ》猛《だけ》しい手負いの獅子《しし》のような、すべてに戦をいどむような眼の光は消えて、不安におびえた、しかしどこか優しい眼つきに変っておりました。お姫《ひい》さまは、そんな男に、「あなたの思っていることを、なにもかも聴きたいわ」

と、静かな表情で申されたのでございます。男は、決心したような様子で、低い声で話しはじめました。でも、それは、人々が噂していたような、砂漠にこだまする怖しい響きの説教では少しもなく、無垢《むく》な幼な子に対するような、静かな熱意と信頼に満ちたものでした。

「わたしは、預言者イザイアによって、荒野に叫ぶ人の声、主の道を準備せよ、その小道を平らにせよ、と預言された者だ。

悔い改めよ、天の国は近づいた。

わたしは、ヨルダン河のほとりで洗礼をさずけていた時に、洗礼をうけようとして来たファリサイ人やサドカイ人に、こう言った。

まむし族の者よ、近くおとずれる神の怒りを避けることを、誰がおまえたちに教えたのか。悔い改めにふさわしい実を結べ。心の中で、われわれの父はアブラハムだ、と言おうとするな。わたしはおまえたちに言っておくが、神は、ここにあるこれらの石から、アブラハムの子らをお造りになることもおできになるのだ。すでに、斧《おの》は木の根に置かれている。だから、よい実を結ばない木は、みな切りとられて、火に投げ入れられるであろう。わたしは、おまえたちを悔い改めさせるために、水で洗礼をさずけるが、わたしの後でおいでになる方は、わたしよりも優れたお方で、わたしはその方のはきものを持つ値打ちさえもない。かれは聖霊と火とによって、おまえたちに洗礼をおさずけになるだろう、と。

ある時、わたしが洗礼をさずけているところに、ガリラヤから来たという若者が立った。わたしには、すぐにこの若者が、誰かがわかったのだ。イエスという名のこの若者は、わたしから洗礼をうけようとしたので、わたしはあわてて言った。

――わたしこそ、あなたから洗礼をうけねばならない者なのに、なぜわたしのところに来られたのか――

イエスは、微笑して、こうお答えになった。

――今は、こうさせよ。こうしてわれわれは、すべての義をまっとうしなければならないのだ――

わたしは、この若者の望むままに、彼に洗礼をさずけた。すると、天が開け、神の霊が鳩《はと》の形でくだり、彼の頭上を飾るのが見えたのだ。そして、天から、

――これは、わたしのよろこびとする愛子《いとしご》である――という声がきこえた」

サロメさまは、じっと静かに聴いていらしたのに、この時になって、こんなふうに問われたのです。

「ヨハネ、あなたは神の愛子《いとしご》ではないの？」

「ちがう。わたしは、愛子《いとしご》の歩かれる道を整えるために、神からつかわされた者だ」

「なぜ、祭司の息子のあなたが、大工の息子のはきものを持つ値打ちもないのかしら。髪もひげも切らず、おいしいものも食べず、牢屋に入れられるほど苦労しているのに」

ヨハネは、お姫《ひい》さまのこの言葉に考えこまされたかのようにしばらく沈黙していましたが、ようやく、つぶやくようにこう言ったのです。

「世の中を改めようとする時の、わたしのような知識人階級に属す者の役割は、真の力を持って後から来る、下層の人々のために道を整えることしかないのであろう。これが、われわれの宿命かもしれません」

その次の日も、そしてそのまた次の日も、お姫《ひい》さまの裏庭通いは続けられました。洗礼者と呼ばれる若者の態度は、だんだんと確信に満ちたものに変ってきたのでございます。サロメさまを、説得できたと思いこんだのではないでしょうか。ヘロデ王の娘を改宗させられるとなれば、牢に入れられて人々から遠ざけられ、民衆に説教するにもできないヨハネにとっては、牢獄での日々も必ずしも無駄に費やされたということにならず、せめてもの慰めに思えたのではないかと存じます。若者は、日ごとに熱心の度を増して、お姫《ひい》さまを説くことをやめませんでした。お姫《ひい》さまのほうも、静かに耳をかたむけるだけで、ヨハネの言葉に反対を唱えることもなさいません。かといって、心から賛同しているわけでもないのは、わたくしにはよくわかるのですが、ヨハネは、お姫《ひい》さまの気質を理解したわけでもなく、また理解しようと思う気持さえなかったのですから、お姫《ひい》さまの態度を、そのまま単純にうけとってしまったのでございましょう。ヨハネは、ある時サロメさまがわたくしに言ったような言葉を、聴いたことがなかったのでした。

「善意に満ちていて、しかも行いの清らかな人が、過激な世改めを考え説くほど危険なことはないと思うけれど、乳母はどう思う？」

わたくしは、黙ってうなずくしかありませんでした。

その年の秋も、半ばを過ぎようとする頃でございます。ローマのカエサルであるティベリウス皇帝の臣下の一行が、ユダヤを訪れたのでした。ローマ帝国の皇帝が、属州の視察に派遣する役人たちでございます。

ヘロデ王の気のくばりようは大変で、王宮の誰にも、ユダヤの各地で起っている救世主《メシア》待望の動きや、洗礼者ヨハネについては、一言も口に出してはならないと厳命をくだしたほどでございます。これらのことがローマの役人の耳にでも入った日には、ヘロデ王はそれについての釈明をのがれられないでしょうし、ヨハネの首をなぜ斬《き》らないのかと、詰問《きつもん》されないともかぎりません。それに対する返答次第で、ユダヤの王の位を失うかもしれないのです。

かといって、ヨハネの首を斬ったりしたら、それこそユダヤの民の動向が怖しい。また、心の奥では、ユダヤ人であるヘロデ王は、預言者の存在を信じたい気持もあったのでございましょう。ヘロデ王にとっては、決断をくださねばならない立場に追いこまれることだけは、避けたかったのでした。

そんな胸の奥の心配を忘れたいこともあってでしょうか、ローマ皇帝の視察団を主賓にしての宴《うたげ》の準備は、ヘロデ王自らが指図なさったのです。料理の品々も、ペルシアやシリアから取り寄せた珍しいもの、踊り子たちも、ユダヤ中の美女を集めさせたのでございます。

宴は、蒼《あお》い秋の月のさしこむ、王宮の大広間で開かれました。上座には、ヘロデ王と王妃ヘロディアデさま、そのすぐ右には、ローマ人たちが居並びます。左側は、王の大臣たちが、位の順に座につきました。もちろん、一人娘のサロメさまは、王妃の横にお坐《すわ》りになります。

でも、宴は、ヘロデ王の心遣いにもかかわらず、たいしてローマからの客人を喜ばせたようには見えませんでした。世界の首都ローマからすれば、ユダヤは辺境の田舎。ユダヤの王の宴とはいえ、なんとしても田舎っぽさはぬぐいきれないのです。エジプトのアレキサンドリアで生まれ育ったわたくしでさえ、こう感じたのですから、ローマの上流階級に属す客人たちが飽き飽きした様子を隠しきれなかったのも、所詮いたしかたなかったのでしょう。でも、ヘロデ王にしてみれば、なんとかしなければと思ったのも無理はありません。

その夜、ローマからの客人たちの注意を引いたのは、お姫《ひい》さまの麗《うるわ》しいお姿だけでした。白い絹地に銀の刺しゅうをほどこした服を着けられ、真珠を飾った豊かな黒い髪から、銀のサンダルをはいた小さな白い足まで、これが神の造物ならば、造った神が誰よりも誇りに感じたであろうと思われるほどの美しさ。

「ローマにも、これほどの美形はなかなか見つからない」

とのローマの客人たちのささやきを耳にしたヘロデ王は、突然、お姫《ひい》さまに向って、こう言ったのでございます。

「サロメ、わが愛《いと》しい娘、おまえの踊りを所望したい」

列席の大臣たちも、またローマ人たちさえも、この王の言葉に驚いてしまいました。王女に踊り子と同じことをさせるとはと、誰もが唖然《あぜん》として、王の顔を見やったのでございます。サロメさまだけが、静かな表情を変えませんでした。ただ、お姫《ひい》さまの口からは、一言も言葉は出ませんでしたが。

後世の人々は、ヘロデ王が、継子《ままこ》ではあっても娘であるサロメに横恋慕して、その汚《けが》らわしい欲望を満足させるために踊りを所望したと言いますが、とんでもない嘘《うそ》でございます。たとえ横恋慕していたとしても、あの夜のヘロデ王は、そんな気分的な余裕など持てるどころではなかったのです。なにもかもうまくいかなくて心の平静を完全に失った、一人の気の弱い男の、気狂いじみた強気のあらわれにすぎませんでした。

サロメさまには、すべてがわかっていたようでございます。平静を失った王と対照的に、お姫《ひい》さまは、ほのかな微笑すらも浮べていらしたのですから。ヘロデ王は、たたみかけるように、答えを求めます。

「姫よ、踊ってくれたら、なんでもそなたの望むものを与えよう。卵ほどの大きさの、エメラルドがよいかな。それとも、そなたと同じ重さの、金貨の山が欲しいか」

「いや、もしそなたが望むならば、ユダヤの国の半分をやってもよい。なんでも与えよう。そなたの望むものなら、なんであろうと与えよう」

この時になって、お姫《ひい》さまは、はじめて口を開かれました。

「では、仕度のための、少々のお暇をいただきとうございます」

そして、わたくしに目くばせをなされ、広間を出て行かれました。

お姫《ひい》さまは、肌寒い夜や外出の時のために、七枚の薄絹のヴェールをお持ちです。自室にもどられたサロメさまは、わたくしに、それを出すよう言われました。金、紅《くれない》、紺色、黄色、緑に銀と白でございます。お姫《ひい》さまはまだ未婚の身なので、黒はお持ちではありません。この七枚の薄絹を、服を脱いだ裸身に、一枚ずつまといはじめたのです。銀のサンダルも、脱いでしまわれました。そして、この姿のまま、広間にもどられたのでございます。

広間の中央、ちょうど月の光がさしこむあたりに立たれたお姫《ひい》さまは、恥じらうでもなく、とても十五歳とは思えない、気品に満ちた成熟した女の美しさに輝いておりました。気おされたのは、列席の男たちでございます。楽士たちも、思わず楽を奏しはじめていたのです。酔うような沈黙のただよう中で、舞がくり広げられていきました。

楽の一区切りごとに、薄絹がふわりと舞って床に落ちます。金のヴェールが、次いで緑の薄絹が、黄色も紺色も紅も、サロメさまの白い腕が大きく弧を描くごとに宙を舞って床に落ち、大輪の花が、舞姫の周りに次々と花開くかのよう。銀のヴェールが舞った後には、サロメさまの白い裸体をおおうものは、一枚の白の薄絹だけ。月光を生かすために灯火を消した広間の中央で、それは、まるで白い一羽のかげろうが舞うのに似ておりました。

曲が終わった時、お姫《ひい》さまはそのままの姿で、ヘロデ王の前に進まれたのでございます。王さまは、賛嘆の様子を隠さないローマ人たちを見て、なにかほっとした様子で、優しく問いかけました。

「なにが欲しい？　エメラルドか、それとも金貨の山かな？」

サロメさまは、静かに答えます。

「ヨハネの首がいただきとうございます」

広間中が、言葉にならないどよめきで満たされました。ローマ人たちは、知っていたのでございます。ユダヤ中が騒然としている原因が、なんであるかを。そして、王がしようとしてもできないことを、舞の褒美《ほうび》という形でやることで、ユダヤの国を救おうとしているのがサロメさまであることを。

ヘロデ王は、自分が決断をくださねばならない時が来てしまったのを知りました。王も、ユダヤの国半分を与えると言っても、王女が考えを変えないことは、わかっていたようでございます。サロメさまの望みは、王の約束したことゆえやむをえないという形で、果されたのでございました。後世は、またも、こう申します。ヨハネから非難されたのを根に持っていた王妃が、娘に入れ智恵《ちえ》して、洗礼者に復讐《ふくしゅう》したのだと。とんでもないこと。お姫《ひい》さまが自分の頭で判断したことしかやらない方であるのを知れば、こんな根も葉もない作り話は、話す気にもならないでしょうに。ローマ皇帝の視察団は、満足してユダヤを発《た》ったのでした。

それからしばらくして、イエスという名の若者のことが、ユダヤの王宮の噂《うわさ》を一人占めしたことがございます。その時、ヘロデ王は、イエスがヨハネの生まれかわりだという世間の評判を、ひどく気に病んでいる様子でした。でも、お姫《ひい》さまは、それを伝えたわたくしに、こんなふうに申されたのでございます。

「乳母、それはちがうわ。イエスは、ユダヤの王もローマの皇帝も攻撃していない。カエサルのものはカエサルに、神のものは神に、と言っているそうよ。イエスは、ヨハネを越えている。やはり、ヨハネは、彼自身が言ったように、後からくる人のはきものを持つ値打ちもなかったのかもしれないわね。可哀そうな人だこと」

キリスト教徒たちは、自分たちの聖者を殺したとしてサロメさまを憎み、神の罰がくだされて、凍った河を渡ろうとした時に氷が割れ、溺《おぼ》れて死んだと言いふらしているそうでございます。これも、とんでもない嘘。わたくしのお育てしたお姫《ひい》さまは、あの時のローマ人の一行に加わっていたローマの若い貴族に愛を捧《ささ》げられ、その方と結婚して、ローマの郊外のティヴォリに住んでいらっしゃいます。ユダヤを、そしてユダヤ人を、見捨てられたからでございましょう。

ヘロデ王も、ローマ皇帝がカリグラに代わってからは運に見放され、スペインのピレネー山脈のあたりに、追放されてしまいました。王妃ヘロディアデさまは、追放先まで従《つ》いていかれたのでございます。これも、女の生きようの一つでございましょう。娘のサロメさまとは、まったく反対の御気質でしたが。

ダンテの妻の嘆き

ダンテと言えばベアトリーチェ、と答えなければなにかトーンが乱れるような感じ。そんな場合の妻の立場というものは、他人から見ると、ひどく奇妙なものに映るのでしょう。わたしに同情してくれる人でさえ、

「ほんとに気の毒なこと。ジェンマも、忍耐に忍耐を重ねて生きたんですよ、きっと」

なんて噂《うわさ》していたというし、もっと冷たい人にいたっては、

「ジェンマ・ドナーティも不幸な女ですよ。あれでは、妻の立場なんてないも同然。よくあれで我慢したものだ。もちろん、彼女の生まれでは、再婚しようにもできるわけがなかったのだけど」

とまあ、フィレンツェの都では、こんな陰口ばかりだったようです。

わたし自身でさえ、まったくもっともだと思うんですから、陰口を言う人たちを憎

む気にもなれません。ベアトリーチェという名は、あの人と一緒にいる間中ついてまわったし、あの人が亡《な》くなってからも、聴かないではすまない名だったんですから。

でも、それだけで、夫を憎んだりする気にはとてもなれません。だって、どうしたら、あれほど抜けていて、やること為《な》すことうまくいかなかった男と、一生をともにすることができましょう。きっと、わたしの性格が開けっぴろげで朗らかで、小さなことなどにくよくよするような性格でなかったからだと思います。

だから、嘆きと言ったって、わたしがそれをすると、深刻どころか、変に軽薄な明るいものになってしまいそう。でも、嘆き、なんて題すると、なんだか素敵じゃありません、詩聖の妻にふさわしい感じで。というわけだけど、まあまあ聴いてください。

わたしとあの人、姓名をちゃんと書くとダンテ・アリギエリとなるあの人とは、わたしがほんの小娘の頃から、許婚《いいなずけ》の間柄だったんです。わたしの父とあの人の父親が、似合いでよかろう、というので決めてしまったんだけど、二人とも同じ年かっこう。少年のくせにいつ会ったってむずかしい顔をしているダンテとは、許婚の間に生まれるような、ほのかな優しさなどは、一度も感じたことはありませんでした。

あの人の家は、昔は名家で、十字軍に従軍した人もいるということでしたが、ダンテの父親が家長であった頃は、ちょっとした土地を持って、そこからあがる小作料だけが収入という、まあ言ってみれば、中流階級の下というところ。貴族でも金持でもありません。だから、わたしたち街っ子の間では簡単に言葉にする、いわゆる「市民」というわけで、商人や職人たちでできている、都市の新興階級に属していたのです。当然、法王派ということになります。

やはり少しは説明しないとわからないと思うけれど、その頃のフィレンツェの都は、他のイタリアのすべての町と同じに、グエルフと呼ばれる法王派と、ギベリンと呼ばれる皇帝派に分れて争っていたのです。ローマの法王様に味方するのと、ドイツにいられる神聖ローマ帝国皇帝につこうとするのとの争いで、なんだかとても高尚な理想を求めての闘いのように聴こえるけれど、ほんとうは、嫌いなあいつが法王派だから、自分は皇帝派を名のる、という程度のものなんです。私的な争いに、なにか公的な理由づけが欲しいと思うのは、男の人たちの悪いくせで、それが表に出ただけの話なのに、もともと団結心にとぼしく、自負心ばかり高いときているフィレンツェ人の間では、これも、ひどく険悪に変るのはあきれるほどでした。これに、うちの人がかかずらうようになってしまったんですから、あきれるのはわたしのほう。でも、考えてみると、あの人ほどフィレンツェ人の悪い気質をみな兼ねそなえている人もいないのですから、それも、結局、身から出たサビというのでしょう。

あの人は、生まれからいったって、家庭の経済的環境からいったって、法王派に属すほうがあたりまえなのです。それなのに、成長するにつれて、広い土地を所有している貴族たちの党派、皇帝派に魅《ひ》かれるようになったというのですから、おかしいではありませんか。頭も良くて、学校では優等生という評判だったあの人が、たまに会うわたしに、

「貴族とは、生まれではなく、精神的貴族を指すべきである」

と言った時に、わたしは気づくべきでした。平凡だけど常識家の商人にでも嫁入っていれば、妻になってからも、あれほどの苦労をしなくてすんだのです。それが、娘時代のわたしは、他の娘たちと同じように、縫いものや料理を習う毎日で、読み書きを習うなんて夢にも思ったことのない娘でしたから、それだからなお、ラテン語もできるというダンテを、自分とはちがう、なにかひどく偉い人のように思ったのでしょう。あの人の言うことはなにもかも、その頃のわたしには、たいしたことのように聴こえたものでした。

もちろん、ビーチェのことは、わたしの耳にも入ってきていました。大金持のフォルコ・ポルティナーリの娘で、わたしたちが結婚する少し前に、これもフィレンツェ有数の財産家のバルディ家の一人、銀行家のシモーネの許《もと》に嫁入った人です。誰もが、

ビーチェと愛称で呼んでいたけれど、ダンテだけは、ベアトリーチェと、ちゃんとした名前で呼んでいました。

ビーチェの父親の家とダンテの家は、すぐ近くにあったのです。五十歩も離れていたでしょうか。この二つの家の間には、小さな教会があって、夕暮のミサのたびに、会うこともできたのです。おそらく、ほんの子供の頃から、あの人はビーチェを、毎日のように見てきたのにちがいありません。

わたしも何度か会ったことがあるけれど、評判を裏切らない美しい人でした。でも、若くして死んだのが、後になってみれば少しも不思議でないような、すきとおるような肌にほっそりした身体《からだ》つきの、影の薄い美人でした。

そのビーチェを、うちの人が、盛んに詩で歌っているというのです。わたしにそれを教えてくれたのは、布地を買いに行く、毛織物商人の娘でした。その人は、わたしとちがって、読み書きを勉強したのです。イタリア語で書かれたダンテの詩を、読んだというのです。

こういう時には、嫉妬《しっと》の感情を示すものなんでしょうが、わたしはもともとあっさりしているのか、正直言って、別に悲しくもありませんでした。詩に歌うといったって、ヴィーナスを歌った詩だってあるではありませんか。でも、やはりここは、こちらも気にしているということを示すべきかと思って、ある時、ビーチェのことを話題にしたことがあります。そうしたら、ダンテは、こう答えました。

「ベアトリーチェの意味を知っているかい。ベアトリーチェとは、彼女に会っただけで、神の祝福に満たされるという意味だ。優美と美徳の化身というわけさ。わたしにとってのベアトリーチェは、あらゆる高貴な行為と、あらゆる芸術的なインスピレーションの、源ということになる」

わたしは、なんのことだかよくわからなかったけど、問い返しもしませんでした。それに、あの人がどんなに惚《ほ》れこんでも、ポルティナーリ家は、アリギエリ家とは段ちがいな大金持。フィレンツェで一番大きい病院も、フォルコ・ポルティナーリが寄附したのです。とうてい、ダンテがつり合う相手ではありません。それがわかっていたから、わたしには、ことを荒だてる気にもなれなかったのでした。だいたい、詩の女神に嫉妬してみたって、しようがないというものではありませんか。他の女を歌った詩集を出した男と結婚するのも、だから、他の娘たちが噂したほど、屈辱的なことでも悲しいことでもありませんでした。

結婚してみてわかったのですが、アリギエリの家は、想像していた以上に、つましいくらしの家でした。小作料だけの収入も、ダンテの弟のフランチェスコと分けあうのです。それに、ダンテもフランチェスコも、商売や事業に投資することをひどく軽《けい》蔑《べつ》していたので、土地からのあがりのほかに、収入の道などあるはずもありません。それでも、フランチェスコは、田舎のちょっとした土地つきの家に住んでいたので、羊やにわとりなど飼うこともでき、それで少しはくらしも楽だったのですが、学問と詩のためというわけで、都会ぐらしを望むダンテの収入は、ほんとうに、弟と二分した、多いとも言えない小作料だけでした。そんなくらしの中でも、子供たちは育つもの。いつのまにか、わたしたちは、ヤコポ、ピエトロ、アントニアと名づけた、二男一女の親になっていました。

その頃ではもう、ビーチェ・ポルティナーリは、ダンテだけがベアトリーチェと呼んでいた人は、すでにこの世の人ではありませんでした。結婚できるわけでもないことは子供の頃からわかっていた人、そして、他の男に嫁いだ人、それだけでなく若くして死んだ人だったからこそ、ダンテにとっては、永遠の女性でありえたのでしょう。身近な存在にならない人は、得なものです。わたしは学問はないけれど、妻となり夫となれば、どんなに魅力的な人でも、その魅力の大半を失うということぐらいは知っています。世の中には、幸福な結婚と不幸な結婚と大変な差があるように言う人がいるけれど、わたしには、それほど大きなちがいがあるとは思えません。要は、結婚したのとしないのとのちがいだけだと思います。ビーチェ・ポルティナーリだって、もしもダンテの妻になっていたら、永遠の女性、高貴な行為と芸術的なインスピレーションの源であるなど、そう長くは続けられなかったにちがいないのですから。うちの人の様子も、ビーチェ・ポルティナーリの死で、変ったふうには少しも見えませんでした。

一二九五年のことだったと思います。あの人が、たしか、三十歳を迎えていたはずですから。その年、商売も手工業もしていなくても、どこかの組合に入れるという法ができたのです。ダンテは、医者と薬屋の組合に入りました。今から思えば、これが、あの人の後半生を狂わせるはじめであったように思います。それまでは、詩を書いているのだけが好きだったあの人が、政治という、厳しい世界に入ることになったのです。妻のわたしには、つましいくらしぶりでも、近所の子供たちに学問を教えるのでも、少しも苦にならなかったのですが。

フィレンツェ市の政治にかかわりはじめたダンテは、まったく人が一変したようでした。なにかひどく自信にあふれ、役職が重くなるにつれて、忙しくて詩をつくるひまもないのに、苦情ひとつ言わないのです。毎日、市庁舎に出かけては、食事時に帰宅する時間でも惜しくて仕方がないふうで、わたしには、あぶなっかしくて心配でなりませんでした。海千山千の智恵者《ちえしゃ》の集まりの中で、あの人のような直情型のお人よしが、うまくやっていけるはずはないのです。それに、ダンテが政治にうつつをぬかすようになった頃は、それまでは法王派と皇帝派に分れて争っていたフィレンツェが、皇帝派の勢力が衰えたと思ったら、それで争いがやむわけでもなく、今度は、同じ法王派の中で、白党と黒党に分れて争いはじめた時期にあたっていたのです。ビアンキと呼ばれた白党は、法王ボニファチオ八世様をかつぐ一派で、一方のネーリ、黒党は、法王様に反対の党派だとか。気位ばかり高くて、そのために政争の絶えないフィレンツェとはいえ、これは、ちょっとひどいと思ったものです。ダンテは、わたしの実家ドナーティが、黒党に入っていたので、あの人も黒党で当然なのに、白党に近いというのです。親友のグイド・カヴァルカンティが白党なので、あの人もそれで白党にしたというのが、わたしには、また一つ心配の種でした。こんな血で血を洗う争いに、親友に義理をつくすなんて、それで政治をするとは、あきれるしかないではありませんか。うちの人は、政治には向いていないのではないかと、その頃のわたしは、忙しい子育ての合い間にも、ふと思うことが多かったものです。

それから六年余りが過ぎた、夏のことでした。あの人は、ひどく生き生きした顔つきで、「ローマへ行くことになった」と言うのです。白党の代表者の一人として、ローマの法王ボニファチオ八世の許へ出向き、フィレンツェの黒党の横暴を訴え、なんとか法王様に、処理の手を打っていただくようお願いに行くとか。憧《あこが》れのローマを見られると、嬉《うれ》しさでいっぱいらしいあの人を眺めながら、あの人の思うようにことが運んでくれればよいと、祈るような気持になったものです。なにしろ、その頃は、黒党の人々の間でうちの人の評判が悪く、白党の頭目のように言われることが多く、わたしも心配していたのでした。わたしが、一番良く知っているのです。あの人は、激烈な争いの頭目になれるような素質もそなえておらず、影響力だって、そんなにあるわけではないのです。ただ、ラテン語が達者だし、人前で演説するのが得意なので、ついつい表面に出ることになり、それでなんとなく、代表格のように見えるだけなのです。あの人は、そういう時は、喜んで自分から進んでやる性格なので、ますます、真相を知らない人からは誤解されるのでしょう。その時のローマ行きも、あの人の本心は、好きな古典学の祖国ローマを見られる喜びのほうが大きかったのですが、他人から見れば、法王と組んで、なにやら大きなことを謀《はか》るために、出向くように見えたのでした。

ローマには、半年は滞在していたでしょうか。帰るという手紙をもらってから一カ月も経ないうちに、事件は起ったのです。わたしたちの家が、襲ってきた黒党の連中によって、略奪され火をつけられたのです。

わたしは、子供たちを連れ、いち早く実家に避難したので、身には害はありませんでした。でも、途中まで帰っていたあの人は、暴動によって政権をにぎった黒党の人人から、五千フィオリーノの罰金と、永久公職追放を宣告され、その通知をシエナで受け取ったのです。一三〇二年の一月二十七日という日を、昨日のように覚えています。フィレンツェでは、珍しくも大雪が降った日でした。

三人の仲間とともに刑を宣告されたダンテは、ほんとうにあの人らしく、罰金を払うのさえ、断固として拒絶したのです。そのために、三月十日には、フィレンツェに帰国したのがわかればただちに捕え、生きながらの火あぶりの刑に処す、との裁決が出されてしまいました。

わたしの心配が、現実になってしまったのです。欠席裁判ながら、一緒に刑を言いわたされた十五人は、みな政治の世界で生きるのが当り前という方々ばかり。利害のかかわりもなく、誰の不満にもならないほどの小さな土地を持ち、そこからのあがりだけでつましくくらしているのは、うちの人だけです。まったく、運の悪いとはこういうことだと、悲しむよりも、あきれてものが言えませんでした。

でも、これでもうフィレンツェを生きて見ることもなくなったとは、あの人はもちろんのこと、わたしも、そして、フィレンツェの多くの人も思っていなかったのです。追放者が、風の向きが変って、凱旋《がいせん》将軍のように帰国できたり、風の向きが変らなくても、許されて帰国する人は少なくなかったのです。それで、フォリの君主スカルペッタ・オルデラフィ殿の秘書になったから、来たければ来い、という手紙をもらったので、子供たちを連れて、フィレンツェを発《た》ったのでした。

国外追放者とはいえ、フォリでわたしたちを迎えたダンテは、なかなか意気軒昂《けんこう》で、

「海の魚のように、今いるところが故国だ」

などと言うくらいで、どうやって慰めたらいいかと考えていたわたしのほうが、ひょうし抜けしたほどです。オルデラフィ殿の許でのあの人の仕事は、ラテン語で公文書を書いたり、時には主人に頼まれて、使節として他国へ行ったりすることだったようです。ヴェローナの君主の許へも、出向いたことがありました。

でも、まだその頃は、追放者仲間の方々とも連絡を取り合ったり、会ったりすることも多く、わたしたちの家にも、そんな方々がよく食事に来られ、わたしも、フィレンツェの料理を、しばしばつくらされたものです。ほんとうにその頃は、まだ誰も元気いっぱいで、寄るとさわると、故国の政情を論じて夜の明けるのも気づかないほど

で、それこそ「海の魚」のようでした。

それが、翌年になると、様子が変ってきたのです。お仲間たちの立ち寄ることが少なくなり、立ち寄られても、議論にとげがあるようで、いつのまにか、海の魚の寄り集い所のようであったわが家も、お客のある日のほうが珍しいというようになってしまいました。しばらくして知ったのですが、ダンテと他の方々とは、その頃からたもとを分ってしまったのだそうです。

これも、あの人の性格からきたものでした。妥協が嫌いで非政治的なダンテと、ここでは一歩後退したほうが良いとなると、頭を下げるのもなんとも思わない人たちとでは、所詮《しょせん》、ともに行動し続けることなどは無理な話なのです。あの人は、フォリを去り、ヴェローナへ行こうと決めたのでした。

でも、ヴェローナにも、結局は定着することができませんでした。宮廷の生活が、あの人の性格と合わなかったのです。ほんとうは、ラテン語もできる人なのですから、それを武器にすれば、けっこう重宝されて、くらしも心配ないのに、それがあの人にはできないのです。思うことを正直に言い、誰にも頭を下げるのを嫌い、そのうえ自尊心だけは誰にも負けないのですから、よほど惚れこんでもいないかぎり、ああいう人とうまくいく君主方などいないでしょう。その頃になると、かつての意気軒昂ぶり

はどこへやら、海の魚どころか、

「舵《かじ》のない船のようだ」

などと、ぐちを言うようにもなっていました。わたしたちを置いて、一人で流浪《るろう》の旅に出たことさえあるのです。それが、マラスピーナ侯爵《こうしゃく》様の許《もと》にかかえられるようになったのは、一三〇六年になってからでした。四十を越えての流浪は、他人のパンは塩からい、などと言ってみたところでやはり耐えがたかったのでしょう。

それから四年して、沈みきっていたあの人が、再び生き生きする出来事が起りました。神聖ローマ帝国皇帝ハインリッヒ七世が、ローマでの戴冠《たいかん》のために、イタリアに南下されることになったのです。

あの人は、ぜひとも皇帝の許へ行き、皇帝に服すようイタリア人に推《すす》めた詩を献上したい、と言いだしたのです。わたしは、もう政治的なことはやめたらいいのにと思いましたが、わたしが言ったとて、聴き容《い》れるような人ではありません。結局、皇帝が滞在されているピサに出かけていきました。

ピサで、皇帝は公正で博愛に満ち、神にのみ従う最高の審判者であり、正義と自然と神の御心《みこころ》によって是認された、ローマの世界帝国の相続者である、だから、イタリアの人民と君主たちは、皇帝に服すべきである、という内容の詩を、公表したのです。

でも、ドイツにいて、戴冠の時か金が必要になるとイタリアへ来るというドイツ人の皇帝が耐えがたくなって、別に宗教心が深いからというわけでなくても、法王派を名のる人が多いのがイタリア。ダンテの言い分が、聴き容れられるわけがありません。それどころか、イタリアの法王派の拠点ということになっている、フィレンツェの人人の反撥《はんぱつ》を招《よ》ぶに役立っただけでした。

ところが、あの人は、それだけでやめればよかったものを、重ねて、今度はフィレンツェを非難する詩を公表したのです。フィレンツェ人が怒ったのも当り前で、ダンテ・アリギエリは、フィレンツェに害ある者として、ブラック・リストに名を連ねてしまったのです。追放十年にして、故国へ帰れる望みが、ますます遠のいたことになりました。

それでも、ハインリッヒ七世の存命中は、あの人もなにかできると信じていたようですが、まもなくしての皇帝の死は、ショックであったようです。フィレンツェに攻めこむという、傭兵《ようへい》隊長ウグッチョーネの許にいたこともありましたが、結局、家族を養うにもなにか仕事しなければならず、ヴェローナの君主カングランデ・スカーラ様のところに、落ちついたのでした。スカーラ殿も、皇帝派だったので、その縁を頼ったのです。

それでも、学芸好きで有名であったこの君主の許にいるのも、長続きしませんでした。使節として使われるのが、嫌でならなかったようです。誰もが平然とやることが、あの人にはどうしてもできないのでしょう。この次に頼ったのは、ラヴェンナの君主、グイド・ダ・ポレンタ殿でした。

ラヴェンナでは、ただ一度のヴェネツィア行き以外は、学問と詩の日々を過ごすことができ、あの人も、はじめて落ちついた気分になれたようです。『神曲』とか名づけた長編の詩が完成したのも、ここラヴェンナでした。それでも、追放生活に入って以来の、あの人の、いつも憂鬱《ゆううつ》でもの想《おも》いにふける感じは変りませんでしたが。詩で、お金がもうかるわけでもなかったのです。

亡《な》くなったのは、一三二一年九月十四日、五十六歳でした。故国フィレンツェを追放されてから、十九年が過ぎていました。しばらくして、詩聖として有名になるなどとは、思ってもいなかったのではないでしょうか。いや、もしかしたら、あの傲慢《ごうまん》で自尊心の強い人ですから、生前はだめだったが、死後は絶対に名をあげる、とでも信じていたかもしれません。でも、半世紀も経ないうちに、同じフィレンツェの人ボッカッチョが、『神曲』を研究する講座をもうけたい、と提案するなどとは、空想だにしなかったと思います。

おかしな人でした、ダンテという夫は。でも、あまりに世渡りが下手で、下手もこれほど徹底してくると、愛敬《あいきょう》さえ感じられるから不思議です。『神曲』の主要人物が、あのビーチェ・ポルティナーリであるのを知っても、怒る気にもなれませんでした。あの人の死後も、わたしの持参金は没収から免除されていたので、フィレンツェに帰ろうと思えば帰れたのですが、そのままラヴェンナにとどまることに決めたのです。娘のアントニアが、ここで尼になっていたことも、ラヴェンナで一生を終えようと決心した理由の一つです。息子の一人は、フィレンツェに帰りました。もう一人の息子は、ヴェローナで判事をしています。十九年にもおよんだ父親の追放にも、子供たちが地道に育ってくれたのが、なによりの幸いだったと思っています。

聖フランチェスコの母

あの子は、そう、一一八二年の九月に生まれたのでございます。わたくしが、ここアッシジに来て、まもなくのことでしたから。

ピエトロ・ベルナルドーネとわたくしが結ばれたのは、わたくしの生まれたアヴィニョンの町でした。夫は、毛織物をあつかう商人で、フランスにも、商用で始終来ていたようです。そして、わたくしの父が彼の商いの相手でもあったことから、わたくしを見染め、ぜひにと乞《こ》うて妻にしたのでございます。

イタリア人に嫁ぐことも、それほど特別なこととは思いませんでした。親戚《しんせき》の一人がフィレンツェの商人と結婚していて、あの地で幸福に暮らしているという話は、アヴィニョンを訪れるフィレンツェの商人たちから聴いて知っていたのです。それに、結婚したとはいっても、商用でパリやリヨンやマルセーユに行くことの多い夫は不在がちで、わたくしは娘時代と同じように、母の許《もと》に住むことが多かったのでした。

ところが、わたくしをイタリアへ連れて行くのをそれほど急いでいる風にも見えなかった夫が、わたくしが懐妊したのを知るや、すぐにも出発しよう、と言いだしたのです。息子はアッシジで生まれねばならぬ、と、生まれてくる子が男子と決まってでもいるかのような口調でした。わたくしも、いずれは夫の家があるアッシジに旅立つことになろうとは思っておりましたし、わたくしの身体《からだ》の調子もとても良かったので、父も母も、懐妊中の長旅をひどく心配もしなかったようです。季節は春、ゆっくりした長旅には向いた季節でもありました。

父と母は、アヴィニョンの町を囲む城壁の外の橋のたもとまで、わたくしを見送ってくれました。ろばの背にゆられて行くわたくしが橋を渡り終っても、そして大きな樫《かし》の木が目印の曲り角で振り返った時も、父と母の姿はそこに立ったままでした。思えば、あの時が永の別れだったのです。殿方は商用などで外国へしばしば行かれても、わたくしども女は、よほど位の高い御方はともかく、気軽に他国へ旅することなどかなわない時代だったのです。フランスに生まれたわたくしなのに、パリはもちろんのこと、同じ南仏のリヨンさえ、この年になるまで見たこともなかったのですから。

でも、旅はなにが目的でも心を浮き立たせるもの。若かったわたくしは、父母との別れの悲しみも、翌日になればすっかり薄らいでしまったほどです。プロヴァンス地方の春も美しかったけれど、地中海を右に見ながら入ったイタリアは、文字どおりの春の祭典でした。アウレリア街道の両側には花々が咲き誇り、海を渡ってくる微風に、香りまでがほのかにゆれる春。ジェノヴァでは、港を数えきれないほどの船が埋めておりました。

「これらの船はみな、遠くパレスティーナまで行くのだ」

と、夫は教えてくれましたが、聖地イェルサレムまでの遠い海路をものともしないとは、イタリアの商人の活躍ぶりは、フランス商人などとうてい及びもつかないものだと、感心したことを覚えております。

ジェノヴァからも同じアウレリア街道を通り、今度は南下して、ピサに着きました。ここも、ジェノヴァや、わたくしどもは通らないヴェネツィアと同じに海港として有名な町だそうで、港にはガレー船がたくさん停泊しているのが見えました。この年まで海を見たことのなかったわたくしには、なにもかもが珍しく、懐妊中であることなど、思いだしもしなかったほどでした。

ピサからは、地中海に別れを告げ、アルノ河ぞいに、フィレンツェへ向ったのでございます。フィレンツェの町の美しかったこと。花の都と言われるだけに、城壁の外も内も花だらけ。それに、町中を行き交うフランス人の多いこと。

「フィレンツェとフランスの間は、とくに商取引が盛んなのだ」

と、夫は説明してくれましたが、立ち寄った親戚の人も、

「フランス語を話す機会に不自由しないから、一度も淋《さび》しいと思ったことはないのよ」

と、笑って話しておりました。

フィレンツェの町に数日骨休めをした後、いよいよ、目指すアッシジへ向っての旅立ちです。海ぞいであったり河の近くの道であったり、それまでの旅は平野を行くことが多かったのですが、これからは丘陵の重なる地帯を行くのです。それで夫は、フィレンツェで休養させてくれたのでしょうが、わたくしにはこの旅も、夫が心配してくれたほどには苦になりませんでした。アレッツォ、コルトーナ、ペルージアと、フランスでは見ることもできない丘の上の町が続くのです。山の中腹に家々が寄りかたまるように建ち、その中央に、ひときわ高く教会の鐘楼がそびえる風景は、見わたすかぎりの平野が続くのが普通のフランスから来たわたくしには、ことのほか珍しく映り、眺めていても飽きないほどでした。

アッシジも、このような町の一つでした。さして高くはない山の中腹にそって出来た町で、遠くから眺めると、城壁がそんな町の周囲をめぐっているのが一望のもとに

見えるのです。南西に向いているとかで、わたくしどもの着いた午後は、陽光を全面に受けて、静かに休んでいるかのようでした。

広い谷をはさんだ向い側にも、同じようなつくりの町があり、

「スポレートだ」

と、夫は教えてくれました。アッシジとは、近いのに仲が悪いとか。

曲りくねった道をあがって行くと、町の門に入ります。夫はここでは知られた顔であるためか、門衛は通行許可証を示せと要求もしませんでした。

その夜は、旅の疲れで早く床につきたいと思っても、それどころではありません。入れ代わり立ち代わり、夫の友人や親族の訪問が絶えないのです。

「フランスから来た嫁が見たいのさ」

と、夫は笑っておりましたが、フィレンツェとはちがってここアッシジには、フランス人が一人もいないからとは、翌日から町中を歩いていても、よくわかりました。立ち話をしている人は、話をやめてわたくしを見、人のいない通りでさえも、両側の家の窓が、気のせいか、わずかに動く気配がするのです。敵意ではまったくなく、ただただもの珍しいからなのでしょう。その頃のわたくしは、イタリア語がまだよくわからないことも手伝って、必要な相手としか話を交わさなかったので、よけいに人々

の好奇心をかき立てたのかもしれません。

それでも、出産をひかえた数カ月間は、またたく間に過ぎてしまいました。広い家に慣れること、夫の店に働く手代から小僧、それに女中たちを使いこなせるまでの気疲れ。イタリア人はフランス人とちがって、利発ではあっても、目から鼻に抜けるようなところがあるので、おっとりと育ったわたくしには、これはなかなかの苦労でした。

夫の眼が光っていれば、問題はないのです。ところが、夫は、ここアッシジでも商用で留守が多く、わたくしが身体の調子の急変に気づいた時も、ローマへ行っていて留守でした。

懐妊期をほんとうに安々と過ごした代償か、お産には苦しみました。朝からはじまった苦しみが終ったのは、夜に入ってからです。夫の手配しておいてくれた産婆《さんば》と女中の助けを借りるだけの出産でしたが、それまでは感じることもなかった怖《おそ》れで、母がそばにいてくれたらということさえ、頭に浮んでまいりませんでした。

「男の御子ですよ、奥様」

と耳許でささやいた産婆に、五体安全な子かということだけ聞き、返ってきた嬉《うれ》しい返事に、そのまま気を失ってしまったほどです。

翌日訪ねてきた姑《しゅうとめ》は、子供の名はジョヴァンニ、と、まるで決まっていたかのように申します。男の子ならフランチェスコ、女の子ならフランチェスカと名付けたいと思っていたのでがっかりしてしまいましたが、祖父の名を継ぐのがしきたりと言われては、わたくしはなにも言えません。舅《しゅうと》は、もう亡《な》くなっていたのですが。

出産を知って予定より早く帰宅した夫は、男子誕生を、世継ぎができたと大変に喜んでくれました。知り合いを多勢招いて、祝宴を催したほどでございます。もともとわたくしには優しい人でしたが、その時はほんとうに機嫌が良く、まだ床を離れられないわたくしが、怖る怖る、名はフランチェスコではいけないでしょうか、と言うと、少し考えた末に、

「イタリア男としては変った名だが、いいだろう」

と、答えてくれました。

フランチェスコ、わたくしの息子は、このようなわけでこの名になったのです。イタリア語では、フランス人という意味なのでございますよ。この名が決まった時、わたくしは、踊りだしたいくらいに嬉しゅうございました。

「フランチェスコ」

と、人前では呼んでおりましたが、そばに誰もいないと、

「フランソワ」

と、フランチェスコをフランス呼びにして呼ぶのです。そして、子守歌も、イタリアのそれを知らないわたくしは、プロヴァンス地方の歌を歌って聴かせるのでした。まだわからない幼児なのに、彼と二人だけの時は、フランス語で話しかけていたのです。

フランチェスコは、ほんとうに良い子でした。夜泣きもせず、泣く時もちゃんとわけがあって、それを果してやるとすぐに泣きやむのです。眼の中に入れても痛くないほどに可愛《かわい》くて、乳母が手持ぶさたで困ると歎《なげ》くほど、わたくしは、息子と過ごす時間が多かったのです。友達もなく、教会へ参ってもミサが終るとすぐに帰るのも、少しも苦にはなりませんでした。姑は、そんなわたくしを陰で、いつまでもフランス人のつもりでいて困る、と言っていたそうですけれど。

姑は、人の悪い女ではありません。ただ、病的なくらいにきれい好きで、そのうえ節約こそ第一の徳と考える人。わたくしに面と向って苦情を言うことはありませんでしたが、陽気で美しいものが大好きで、愉《たの》しいことなら時間の経《た》つのも忘れてしまうわたくしとは、所詮《しょせん》、気が合う仲ではなかったのでしょう。それでも、わたくしたちの間が眼に見えて悪くならなかったのは、姑の苦情を聴き流してしまう夫のおかげと、わたくしがなるべく距離を置いてつき合おうとしたからだと思います。

孤独な毎日だったのかもしれません。いつかなど、アヴィニョンへ行って帰ってきた夫が、わたくしの母から託されたと言って、プロヴァンス地方独特の刺しゅうをほどこした、ブラウスを持って帰ったことがございます。ブラウスもわたくしには嬉しかったけれど、それが包まれていた、古い、捨てるしかないように傷《いた》んだ、それでも清潔に洗ってある布切れを、どうしてもわたくしは捨てる気になれず、かといって雑《ぞう》巾《きん》にする気になどもちろんなれず、なにに使うというあてもないのに、大切にしまったことがありました。故国を離れて暮らすつらさは、そのような境遇にない人には想像もつかないような、表われ方をするものでございます。

その間にもフランチェスコは、すくすくと育っていきました。夫のいない時のわたくしの淋しさをまぎらせようと、夫が贈ってくれた小猫を、かっこうの遊び相手にしながら。ただ、猫があまりに身近であったためか、ハイハイするのが当然と思いこんでいたようで、なかなか立って歩こうとせず、困ってしまいましたが。それでも、ハイハイは巧みで、とても早うございましたよ。

何歳になっていたでしょうか、二歳頃だったでしょうか、わたくしに従《つ》いて、裏の菜園で小鳥にパンくずをやりはじめたのは。気の合った話し仲間のいないわたくしは、もうずっと前から、菜園に集る小鳥たちに、パンの残りを与えるのが習慣になっておりました。パンくずを与えながら、ごく自然に小鳥たちに向って、フランス語で話しかけるのです。話しかけようと思ってそうしたのではなく、気がついてみたら、イタリア語ではなくて、フランス語で話しかけていたのです。小さなフランチェスコが加わるようになってからは、陽を浴びた裏の菜園でのこのひとときは、わたくしには、なくてはならないものになっていました。

ヨチヨチ歩きのフランチェスコも、わたくしのまねをして、小鳥たちに話しかけるのです。母親のようにフランス語で話しかけても、それはまだ片言で、また時には、片言のイタリア語も混じります。固いパンも水につけると小鳥には食べやすくなる、ということを学んだのもその頃でした。フランチェスコは、三歳、四歳、五歳、六歳と、このようにして育ったのでございます。

後年、聖者としての名が高まった時、小鳥に説教する聖フランチェスコという評判が、わたくしの許にまで伝わってまいりました。それを聴いた時は、涙がこぼれてしかたがありませんでした。

「あの子は、小鳥たちに向って、むずかしい説教などしたのではない。ただ、優しく話しかけたのよ。幼い頃に、母親と一緒にしていたのと同じように」

と、わたくしは胸の中でつぶやきながら、わが子はそれを、フランス語でしたのだろうか、それともイタリア語も混じえてだろうかと思うと、嬉しさとともに、少しばかりのおかしさも感じられて、泣き笑いしてしまったのでした。

成長するにつれて、フランチェスコも、近所の子供たちと遊ぶことが多くなりました。ところが、この時に問題が起ったのです。子供仲間は、意外と残酷なもの。ほんの少しのちがいも、子供たちの間では、意地悪の対象になるらしいのです。幼くてもフランチェスコは、イタリア語もフランス語も理解できるようになっていましたが、話すとなると、この両方ともまだ完全ではなく、同じ年頃の近所の子供に比べて、イタリア語にはつたなさが目立ちます。もっと大きくなれば、この両方の言葉とも充分に話せるようになるのでしょうが、五歳では、それはまだ重荷だったのでしょう。これが原因でいじめられることが何回かあって、わたくしは息子と、フランス語で話すのをやめることにしました。イタリア人なのだから、まず母国語を覚えることが大切だと、思ったからでございます。フランス語で話し合うのも、フランチェスコがイタリア語を習得し終った後に再開すればよいのだと。それでも、独り言はフランス語でしてしまいますし、小鳥にパンくずを与える時も、フランス語が混じってしまったりするのです。でも、このためか、フランチェスコは、フランス語を完全に忘れ去ってしまうことはありませんでした。

動物や年下の子にはとても優しく、内気なところがあっても、陰《いん》にこもった性格ではなくて、明るく元気だった息子も、六歳になると、教会の司祭様のところに通いはじめます。町の貴族や大商人の息子たちは、毎日、教会に附属した僧院の一室で、ラテン語と算術を習う決まりになっておりました。

フランチェスコは、ことのほか、ラテン語が好きであったようでございます。上達も早く、司祭様が、学者にしたいくらいだ、と言っていらっしゃったとのこと。ところが、夫は、喜ぶどころか苦い顔をして、

「商人の後を継ぐのだから、算術のほうが巧みになってくれなければ困る」

と、申します。わたくしは、学者になるとすると司祭様と同じ服を着けるようになるのかしらと思い、そのほうがフランチェスコには合うのではないかと思いましたが、口に出しては言いませんでした。

十五、六歳頃ともなると、若さを爆発させでもするかのように、遊びまわることが多くなりました。なにしろ息子は、乞食《こじき》にものを与える時にも鷹揚《おうよう》でしたが、遊び仲間にも同じであったようでございます。それに、戦いのために領地を荒らされることの多かった貴族方よりも、大商人のほうが羽ぶりが良かった時代でもございました。

フランチェスコとその仲間は、アッシジの陽気な二代目と、謹厳な大人の評判は悪かったのですが、わたくしにとっては、いつものフランチェスコと少しも変らない、優しくて、心身ともに健康な、明るい若者でございました。

一二〇四年のことですから、フランチェスコが二十二歳の年に起った事件でございます。以前から良くいっていなかったスポレートとの間が絶望的になって、とうとう戦いにまで進んでしまったのでした。フランチェスコも、父親の店を手伝うかたわら、友人たちと武術を習っておりましたから、真先に戦場に駆り出されます。それでも、父親がミラノから取り寄せた見事な造りの甲冑《かっちゅう》をまとい、これも鉄製の馬飾りを着けた馬に乗っての出陣姿は、わたくしにはフランス民話の騎士を思い出させ、ほんとうにほれぼれするような若武者ぶりでございました。

ところが、まもなく、アッシジ敗戦の報に続いて、アッシジ側で捕虜にされた人々の名が伝えられたのです。息子の名をその中に見出《みいだ》した時、わたくしの胸は張り裂けんばかりでした。夫は、十字架の前にひざまずいたままのわたくしに、

「イタリアではフランスとちがって、捕虜は殺しはしない。双方で交換の話し合いがつくまでの辛抱だ」

と言って、なぐさめます。それでも、息子の姿を見るまでは、食事ものどに通らな

い毎日でした。

帰ってきた息子は、一見して、少しも変ったところはないようで、わたくしも安心したのですが、二、三日もしないうちに、ひどい高熱を出して床に就いてしまったのです。ほんとうにひどい熱で、ぐったりとしたまま、身動きもしません。わたくしは、その間、自室にも戻らず、息子の病床に附きっきりで過ごしました。

十日ほどして熱は引いたとはいうものの、捕囚時の疲れが一度に襲ったのでしょうか、息子は、寝床から起きあがることができません。窓の外の青空を眺めたり、聴こえてくるひばりの鳴き声に耳をかたむけたりしながら、息子は、ひどく無口になってしまったのです。なにかを考えている風にも見えましたが、それを、そばにいるわたくしにさえ話そうとしないのです。わたくしは、はじめて、わが息子が理解できなくなった不安を、夫にも告げることもできず、一人で耐えるしかありませんでした。

二年が過ぎました。フランチェスコは、以前と変らない優しい若者でしたが、以前の陽気さは失われ、もの想《おも》いに沈む時が多くなったようです。それでも、わたくしたちは心配もしなかったのですが、ある日、走って帰ってきた女中が、こう告げたのでございます。

「坊っちゃまが、ライ病患者を抱擁して接吻《せっぷん》されたとかで、町中の噂《うわさ》になっています」

店にいた夫は、それを聴くと、何も言わずに走り出していき、しばらくして、フランチェスコを引きずって戻ってまいりました。そして、その日から息子は、自室に閉じこめられてしまったのです。ライ病患者は近づくと感染すると怖れられ、白い長衣ですっぽりと全身を包んだ姿で、歩く時は手の鈴を鳴らさねばならないと決められていました。鈴の音を聴いた人々が、家でもどこにでも、避難できるようにという配慮からでございます。ライ病にかかった人は、家族からも見離され、専門の病院に入れた人は幸運なほうで、多くは、城壁の外の森の中などに、かたまって生きていたのです。そのように忌《い》み嫌われたライ病患者を抱擁し接吻するなど、気が狂ってでもいなければできないことでした。

数日後、部屋を脱け出した息子は、店に積んである織物を、道を行く人々にタダでわたしはじめたのです。私有財産を築くことしか考えないのは悪だ、と叫びながら。父親は、今度は怒るよりも絶望し、総督に訴えてしまいました。

町の広場でくり広げられた父と子の対立を、母のわたくしは、人垣の後ろから見ておりました。絶望と悲しみに固まってしまって、なにも考えられないままに。そして、ついにフランチェスコが、自分はなにも持ちたくない、と叫びながら、わが身に着けていた衣服を次々と脱ぎはじめ、最後の下ばきひとつになった時は、わたくしは思わず眼をおおい、家に逃げ帰ってしまったのでございます。人々の嘲笑《ちょうしょう》の渦が、そんなわたくしをいつまでも苦しませました。この日から、息子は、家を出たのです。

それから幾日もの間、息子の消息を知ることはできませんでした。しばらくすると、ある人が、森に向って歩いているフランチェスコを見かけたと言ってくれました。また、別の人は、パンを恵んでほしいと頼んでいた、息子を見たと伝えてくれました。そして、ある日、城壁の外の谷間にある、古い破壊されたまま放置された教会を、フランチェスコが一人で修築しているという、話を聴いたのでございます。夫は、

「息子は死んだと思え」

と言い、わたくしに息子と会うのを厳しく禁じていたのですが、わたくしの足はひとりでに、城門に向っておりました。そこを出てしばらく行くと、はるか下のほうに、その教会が見えてまいります。崩れた教会の壁の間に、なにかが動くのが見えた時、わたくしの足はそこで止まってしまいました。

ぼろ切れのような衣服を着けただけの息子は、一人で黙々と、石を積みあげています。遠目にも、眼に見えて痩《や》せ細っているのが、わたくしの胸を突きました。そっと

近づいたわたくしは、壁の反対側にまわりました。気づかれるのが、怖《おそろ》しいような気がしたのです。でも、息子がふとよろめいた時、思わず彼が手にしていた石をささえていました。わたくしと眼の合った息子は、ごく自然な声音で、

「メルシー・ママン」

と言ったのです。それまで止まっていた涙が、せきを切ったようにあふれだしたのはその時です。息子は、ただ泣くだけの母を、しばらくの間、無言で抱いておりました。でも、その時のフランチェスコの表情の明るかったこと、眼の光の優しかったこと、いつまでも忘れることができません。やはり、わたくしの息子、わたくしのフランソワだったのでございますよ。

それからのわたくしの仕事は、夫に隠れて、息子に食物を届けることに変りました。そのうちに、一人二人と、教会を修復する息子に力を貸す人があらわれたのでございます。みな、フランチェスコと同じ年頃の、アッシジの若者たちでした。教会が、素人《しろうと》の手とはいえ曲りなりにも完成した時には、仲間は八人に増えておりました。

この人たちはみな、息子にならって、ぼろ切れをまとっているだけなのを見て、わたくしは、衣服を作ってあげようと思い立ったのです。粗末なものでなくてはいけないのは、息子に言われないでもわかっていたので、夫の店に積んである、織物を運ぶ

時に包む粗い麻布を使うことにしました。長衣に、袖《そで》と頭巾を附けるだけで仕上りです。腰帯は、これも荷を結わえる綱を適当に切れば、それで充分でした。フランチェスコが、どんなにこれを喜んでくれたことでしょう。母のわたくしには、息子が、乞食と同じぼろをまとわないで済むだけで満足だったのですが。

まもなく、息子とその仲間の若者たちは、布教の旅に出ていきました。時折、風の便りに、グッビオのライ病院で働いているとか、イタリアの各地で信者が増えているとかという噂が、わたくしの耳にも伝わってまいります。もうその頃のわたくしは、なにを聴いても心を乱されることがなくなっておりました。でも、息子とその共鳴者たちが、フランチェスコ宗派として法王様から認められたという知らせだけは、どれほどの嬉《うれ》しさで聴いたことか。フランスにまで広まっていると聴いた時も、胸の中が熱くなったものでした。人は、フランチェスコの唱える信仰は、愛の信仰なのだと申します。地獄とか罰とかでおどかす、怖しい宗教とはちがうところが、人々の胸を打ったのだと申します。でも、むずかしいことは少しもわからない母親から見れば、息子は、自らの性格に忠実なことを説いただけとしか思えないのです。

息子は、四十四歳の時に、アッシジで亡《な》くなりました。フランチェスコ宗派もイタリア一の宗団になり、アッシジでも、嘲笑する人など一人もなく、大商人でさえも共鳴する人が多勢いて、息子の晩年は栄光に包まれているようでしたが、優しさと明るさは、最後まで失いませんでした。布教の苦労が、彼の死を早めたのでございましょう。わたくしには、手が届かないようでいて、ほんとうはいつも身近に感じられた息子でございました。

ユダの母親

ああ、このわたしですか？

イスカリオテのユダに読み書きを教えていた、ユダヤ教の祭司ですよ。ユダヤ民族の男子を集めて教えるのは、われわれの役目の一つでもあったのでね。

その頃のユダは、どんな少年だったかですって？

そう、あまり強く印象づけられるタイプでは、まずなかったですね。適当に素直で適当に読み書きもできて、他の子供たちと比べても、とくに教師に満足を与える子でもなかったけれど、かと言って、教師を手こずらせる子でもなかった。

ちょっとばかり、気は弱かったかな。でも、ああいう母親を持っていては、誰だってああなりますよ。

そうそう、子供のほうはとくに印象深い存在ではなかったけれど、あの母親は、よく覚えていますよ。他の素朴な母親たちとは、まったく変っていましたからね。

どう、変っていたかですって？

そうねえ、まず、自分の息子は、絶対に他の子供たちよりは優れていると思いこんでいましたね。だから、ユダの成績がちょっとでも良くないと、わたしのところに文句を言いにくるのです。わたしの教え方が良くないというわけですよ。まあ、自分でも読み書きができたから、息子の学業を検討することもできたんだけど、他の母親たちは文盲が多く、自分たちの息子が少しでも読み書きができるようになると、それだけで満足していた中では、やはり目立ちましたね。

教育熱心であったのは、ユダの石板を見るだけでわかりましたよ。他の子たちは、前日に学校で書いたままのを持って来るのだけど、ユダだけは、何回も書き直した跡がはっきりわかる石板を持って登校してましたよ。きっと、家で、母親から復習をさせられていたんでしょう。そのおかげか、ユダは、いつもクラスの中では出来たほうでしたね。

ユダの父のほうは、これも出身地の名を取って、イスカリオテのユダと呼ばれていましたが、ごく平凡な、だがまじめな役人だったと聞いています。いつか、例によって教師であるわたしの教えぶりを参観、と言うよりも監視にきたユダの母親が、ひとしきりわたしに文句を言った後で、こう言ったものですよ。

「息子には、父親よりも出世してもらわねばなりません。いえ、わたしの子なのですから、できないはずはないのです」

またか、と思ったわたしは、いつものように聴き流してしまいましたがね。

その後まもなく、ユダは卒業したんです。読み書きさえできるようになれば、ユダヤ教の祭司になるわけでもなし、それ以上の学問は必要ないからですよ。学業を終えたユダが、その後なにをしていたのかは知りません。父親の仕事を助けているとか、風の便りに聴いたことはありますがね。

ただ、神殿では、安息日ごとに見かけましたよ。いつも、母親と一緒でしたが。彼らと話し合ったことはありません。祭司であるわたしには、祭壇の上からみとめ、ああ、いるな、と思う程度だったのです。祭司の仕事がありましたからね。

ところが、つい最近になってからです。ユダの母親が、学校によく姿をあらわすようになったのは。わたしだって、子供たちに教えるので忙しいんですからね。ずっと以前の教え子の母親にまで、かまってやれる暇はないんです。それなのに、ユダの母親は、わたしの仕事が終るまで辛抱強く待っていて、わたしに相談するのです。相談というよりも、打ち明けると言ったほうが当っている感じでしたが。なにしろ、夫も相手になってくれないということで、わたしとしても旧師であったことは確かだから、昔の教え子のことを聴くことにしたのですよ。

ユダが、仕事も家族も捨てて、イエスという名の青年が率いる、コミュニティに入ってしまったというのです。

大工の息子であるというその若者のことは、わたしもそれとなく聴いて知っていましたが、まさか、あのおとなしいユダが、そんな大胆な行動に出ていたとは知りませんでした。そのことを話す時、母親は、怒りをどこに持っていっていいかわからない、という風でしたね。

「センセ、わたしは、それはもうユダを、生まれた時から注意に注意を払って、育てましたのよ。学校も、ちゃんと調べてから、教師も学生も、質が良いと評判のところに入れたし、学業も、わたしがいつもそばについて、誰よりもできるようにと助けたのです。父親よりは出世してもらわなければ、困りますでしょ。それなのに、まあ、なんとしたことでしょう。ヒッピーまがいの群れに入ってしまうなんて。

だいたい、あの連中は、大工の息子や漁師や百姓だっていうではありませんか。遊び仲間でさえも、良家の息子たちとしかつき合わないようにして育ったユダには、ふさわしい御仲間ではないんです。どうして、あんな、下層の連中とつき合うようになったのか。

ほんとに、それまでは素直でわたしの言うことならなんでも聴き容《い》れていたユダが、あの日からは、人が変ったように頑固になってしまったんです」

わたしは胸中では、不思議なことに、この母親のグチを聴いているうちに、昔の教え子であったユダに、興味を持ちはじめていたのです。それで、昔の教え子ということでは同じでも、年が少しばかり下で、少年時代のユダを知らない者たちに、神殿で出合った時に一人ずつ、イスカリオテのユダという者の消息が耳に入ったら教えてくれ、と頼んだのでした。もうその頃には、キリスト（救世主）と自ら宣言しはじめていたイエスとその一党のことは、ユダヤでは人の口にのぼらないことはないくらい噂《うわさ》になっていたので、ユダの消息を得るのも、たいした苦労はなかったのです。ただ、それで知ったことは、はたしてあの母親に告げてよいものかどうか、わたしには判断がつきかねましたがね。結局、なにも伝えなかったと思いますよ、あの母親には。

イエスには、十二人の弟子がいるということでした。ペテロと呼ばれることになるシモン、その兄弟のアンドレア、ゼベデオの子ヤコボとその兄弟ヨハネ、フィリッポとバルトロメオ、トマと税吏だったマテオ、アルフェオの子のヤコボとタデオ、それにシモンとイスカリオテのユダの十二人です。

町々をまわって教えとやらを説くイエスには、もちろんこの十二人だけが従っていたわけではなく、他にも貧しい人々や女たちがぞろぞろ後についているということだったが、まあ、この十二人が、高弟というところだったのでしょう。高弟と言ったって、少しは学問のある者は、マテオとヨハネ、それにユダぐらいで、他は、漁師あがりが多かったのだから、ユダが高弟の中に加えられたのも、別に不思議な感じは持ちませんでしたね。それどころか、ユダが、どうして大工の息子あたりに影響されたのか、そのほうが不思議に思えましたよ。

ただ、このイエスの運動というのも、ここユダヤの地ではことさら特異なものでもなく、まあ、似たようなことを説いて歩く者は、今までにも何人もいたのですよ。

われわれユダヤ民族というのは、厳しい自然と対決しなければ生きていけない環境にあって、絶対なるなにものかを追求する性向に、より拍車がかかってしまうんですね。言ってみれば、われわれほど観念的な民族もいないのだけど、それだけにこれまでの運動は、ひどく観念的になりすぎて、結局、庶民の心を完全につかむまでには至らなかったのでしょう。いくつもの運動も、狭い範囲の人々の間で、狂信的に信じられたにすぎないんです。そんな中で、イエスという若者の説く教えは、他とちがって、ひどく具体的でわかりやすいと、説教を聴いた人の多くは言っていましたよ。それだ

けに、学識のある男たちは軽蔑《けいべつ》して、

「あれは、女子供の聴くことだ」

と言っていました。実際、イエスに従《つ》いて町々を放浪する信者の群れには、女と、まだ子供と言ってもよい少年たちが多かったんですからね。

でも、もしかしたらあのことも、そういうイエスの教えの方向に一致したことだったのかもしれません。

というのは、ある時、血相を変えたあの母親がわたしのところにやってきて、こう告げたのです。

「まあ、なんとしたことでしょう、センセ。ただでさえ、あんなヒッピーまがいの群れに入って口惜《くや》しい思いをしていたのに、あの子は、その中でもナンバー・ワンではないっていうんですよ。大工の息子は、漁師をそれに指名したんだそうです。フン、類は友を呼ぶって言いますわね」

興奮している母親をなだめて、よく話を聴いてみた結果、まずはこんな事情と見当がついたのです。

フィリッポのカイザリア地方にいたイエスは、弟子たちに、

「人々は人の子を、誰だと言っているか?」

と聞いたのだそうです。弟子たちは、「ある人は洗礼者ヨハネと言い、ある人はエリア、またある人はエレミア、あるいは預言者の一人だと言っています」

と答えたところが、イエスはさらに、

「では、おまえたちはわたしを誰と思っているのか」

と問うたという話です。そうしたら、弟子の中のシモンが、

「あなたはキリスト、生きる神の御子《みこ》です」

と言ったところ、イエスは大変に喜んで、

「シモン・バルヨナ、おまえは幸いな人だ。その啓示は血肉からのものではなくて、天にましますわたしの父から出たのである。

わたしは、あなたに言う。おまえは、ペテロ、岩だ。わたしは、この岩《ペテロ》の上に教会を建てよう。地獄の門も、これには勝てないだろう。わたしは、おまえに天国の鍵《かぎ》を与える。おまえが地上でつなぐものは、天でもつながれ、おまえが地上で解くものはみな、天でも解かれるであろう」

つまり、キリストと自認していたイエスは、自らの後継者に、ペテロを指名したということなんでしょう。ただ、ユダの母親には、自分が苦労して育てた自慢の息子を

さし置いて、無知な漁師あがりが首席に選ばれたということが、我慢ならなかったのです。

わたしには、ほんとうのところ、おかしくてならなかったですな。ユダの母親は、彼女があれほども悪く思っていた一派なのだから、息子がその中で重視されなくても、かえって喜んでいいはずなのに、反対に怒り狂ってるのだから。それでも、わたしは一応、こんなふうに言ってなぐさめましたよ。

「ああいう連中の中では、ボスに対して盲目的な忠誠心を持つ者が優遇されるのは、当り前の話なんです。ユダは、慎重な性質だったから、そうそう盲目的になれないんでしょう」

母親が納得したかどうか知りませんが、もう一つの事件を知った時、ユダはユダなりに、溶け入ろうと苦労しているのだと感じたものです。イエスが、ことあるごとに、生まれの卑《いや》しいペテロとヤコボとヨハネを引き立てる中でも。

イエスとその一党が、過越《すぎこし》の祭りも近づいたイェルサレムにのぼった時期の話です。その近くのベタニアで、死からよみがえらせたというラザロの家を訪れた彼らに、主人のラザロは、食事を供したのです。その時、マリアという女が、高価なナルドの香油を一斤《きん》も持ってきて、それをイエスの足にぬり、自分の髪の毛でふいたのを見て、他の弟子たちとともに食卓についていたユダが、イエスに向って、こう言ったのだそうです。

「この香油ならば三百デナーリにも売れるのに、なぜそれを売った金《かね》を、貧しい人々に施さないのですか」

それに、イエスは、

「この女のするようにさせておけ。この女は、わたしの葬《ほうむ》りの日のために、わざわざこれをとっておいたのだから」

と答えたということです。ユダは、いつもこんなふうにして、良いことを言ったつもりなのが、反対にいつもたしなめられる結果に終り、恥じいることが多かったと聴きます。

その後だったと言うんですがね、ユダが祭司長のところに行き、イエスを売り渡せばいくらくれるか、と聞いたのは。祭司長は、三十デナーリやろう、と言ったそうですが。

わたしは、母親が、イエスを裏切れと推《すす》めたのではないと思いますね。ただ、あの母親は、こうは言っていましたよ。

「わたくしは、教育もある進歩的な母親ですから、息子に、ローマ人社会に接触して出世しなければならないとも、ユダヤ教の祭司になって権力を持たねばならないとも、言ったことはないのです。ただ、どんな社会でもいいけれど、そこでの落ちこぼれにだけはなってくれるなと、教えたつもりです。

イエスとその一派に入ってしまった今となっては、ただいけない、脱退しろ、と推めたって、もうしようがありませんものね。だから、その後でもあの子と会うたびに、大工や漁師あがりに先を越されることだけは、ママはいやよ、と言ったのですわ」

それから、幾日も過ぎない日の話です。例によってわたしの昔の教え子の一人が伝えてくれたのですが、イエスと弟子たちがともにした晩餐《ばんさん》の席で、こんなことが起ったのだそうです。

イエスは、これが弟子たちとする最後の晩餐でもあるかのように、弟子たちの足を洗ってやった後で食卓についたということですが、食事の最中にふと、

「おまえたちのうち一人が、わたしを裏切るだろう」

と言ったのだそうです。食べるのに熱中していた弟子たちにも、この不吉な言葉は

耳に入ったので、イエスから離れた席にいた弟子の第一人者ペテロが、イエスのすぐそばに坐《すわ》っていた、イエスの最も愛した弟子でもあったヨハネに、

「先生は誰のことを言われたのか、おまえからもう一度たずねてみてくれ」

と言ったのです。それでヨハネが、

「主よ、それは誰なのですか」

と聞いたのに、イエスは、こう答えたということです。

「わたしが、今、葡萄酒《ぶどうしゅ》にひたすパンの一片を与える者がそれだ」

そして、そのパンの一片を、ユダに与えたというのです。しかも、

「おまえがしようとしていることを、早くしなさい」

と言いながら。

こんなふうに言われて、それでも平然としていられる人がいたら、その人のほうが狂っていますよね。ユダは、何も言わず、晩餐の席を立って外に出て行ったというけれど、どんな気持だったことか。ただ、イエス以外の者たちは、葡萄酒に酔っていたのか、それとも仲間うちのおしゃべりに熱中していたのか、または、イエスの言うことにすぐ反応することの少なかった彼らの性向が、その時も発揮されたのか、弟子たちの中の誰一人として、イエスの言葉の意味するところを直ちに理解した者はいなか

ったということです。それどころか、ユダが彼ら全部の財布をあずかる役をずっとしていたことから、イエスから、過越《すぎこし》の祭りに必要なものを買ってこい、と言われたのか、あるいは、貧しい人になにか施しをしてこい、と言われでもしたのかと思って、深くも考えなかったということです。

イエスからとくに愛されている弟子と自認している、ペテロやヨハネやヤコボたちの、どこか甘えた応対ぶりや、その他の弟子たちの、生まれが明らかに察しられる下品な食事ぶりが支配する中では、ユダの胸中にうずまく想《おも》いなど、誰一人注意する者もいなかったにちがいありません。だから、彼が夜の闇《やみ》の中に消えたことも、それから二度と帰ってこなかったことも、心配した者は一人もいなかったのでしょう。

さて、その後イエスは弟子たちを連れて、ゲッセマネの園へ行ったということです。そして、そこで祈りながら夜を明かした朝、そこを降りて行こうとしていた彼らは、ふもとから登ってくる人の群れに気づいたのです。祭司長やその他のユダヤ教の高位聖職者と、それに従う者たちで、彼らは、手に手に剣やこん棒を持っていたということでした。

その群れの中に、イスカリオテのユダもいて、イエスの一行に近づいた時に、彼一人だけ前に進み出、イエスに接吻《せっぷん》したと人は言います。その時、イエスは、またも、「おまえがしようとしていることを、早くしなさい」と言ったということです。人の伝えるには、ユダは前もって祭司長と協定していて、自分が近づいて接吻する人がイエスだから、その人を捕えればよい、ということになっていたので、その協定どおりにしたというわけでしょう。イエスは、まったく無抵抗に捕えられたと言います。弟子たちの中には、剣をふるって抵抗しようとした者もいたということですが、それさえも、イエスにたしなめられて、剣を捨てるしかなかったと聴きました。

イスカリオテのユダが裏切者の代名詞のようになるのは、ずっと後になってからですよ。あの事件が起った当時は、イエスの教えに帰依《きえ》していた人以外は、別に、人の道にひどく反した行為とは思っていなかったのです。イエスとその一派の人々の実行した、従来のユダヤ人の生き方に反した行動は、多くの人々の眉《まゆ》をひそませずにはおかなかったですからね。ただ、師を売り渡した後のユダのほうが、変ってしまったということです。

イエスを捕えた人々は、大祭司カヤファの家に連行したのだそうです。弟子たちが逃げ去った中で、カヤファの家まで群衆に混じって従いていったのは、ペテロと、そしてユダでした。こうして、ユダも、イエスとわたしは無関係だ、と三度も言ったペテロとともに、夜中続けられたユダヤ教のラビたちのイエスに対する審問を聴き、死刑の宣告も耳にしたのです。

しかし、ユダヤの国の支配者は、ユダヤ人であるラビたちではなく、ローマから派遣されている総督なのです。いかにユダヤ人が死刑を決めてみても、ローマ人の判決がおりないうちはなにもすることはできません。それで、祭司たちはイエスを、総督ピラトのところへ連行したのでした。

これを知ったユダは、ひどく心を悩まされたようです。死刑とまでは、思ってもいなかったのでしょう。それで祭司たちのところへ行って、三十枚の銀貨を返すから、イエスを自由にしてくれ、と頼んだのだそうです。しかし、祭司たちは、前からこの機会を狙《ねら》っていたのですから、ユダの後悔など問題にするはずもありません。

「それがわれわれとなんの関係がある。おまえ自身の問題ではないか」

と答えただけで、ユダの訴えをしりぞけてしまったということでした。

絶望したユダは、銀貨を神殿に投げ捨てて去り、自ら首をくって死んだのですよ。

祭司長たちは、その銀貨をとって、これは血の値だから神殿の倉に収めるわけにはいかない、と言い、その金《かね》で畑を買い求め、旅人の墓地にあてたということです。その畑は、今でも、血の畑と呼ばれているんですよ。

わたしには、昔の教え子というだけでなく、たった一人で悩みに悩んだにちがいないユダという若者が、ひどく哀れに思えましたね。はじめは母親に、次いではイエスという男に、常に精神的な支配を受け、それから脱け出そうとするや、いつもヘマな結果にしかならなかった、イスカリオテのユダという、まだ三十にもならないのに死を選ぶしかなかった男が、ひどく哀れな存在に思えたものです。

その後のユダの母親の、消息を知っているかですって？

えええええ、もちろん知っていますとも。だって、大変な有名人になりましたからね。いいえ、ユダの裏切りのせいではありません。それどころか、あの母親が本を出版したので、事件当時はたいして人の注意も引かなかった息子のユダの行為も、多くの人の知るところとなったくらいです。

出版した本の題名は、『手に負えぬ息子を抱えて』というのです。宣伝文句には、

――泣きたくなる母の心情の、赤裸々な全告白！――

とありましたよ。

こういう本は、売れるんですなあ。実際に手に負えぬ息子を持つ母親だけでなく、それほどでもないのに常に不安におびえている母親たちも、買うからなのでしょう。これらの母親たちは、これを読んで、

「まああうちの息子は、これほどでなくてよかった」

と、秘《ひそ》かに安心したいからなのです。ただ、こういう本は、買って読んだということが女友達の間で知れ渡っては都合の悪い類《たぐい》の本だから、お互いに貸し合ったりはしません。各自で買って、各自で秘かに読んで、本棚の奥に隠されて終る運命の本なのです。だから、よけい売れ行きもあがるのでしょう。ユダヤ中の、その年のベスト・セラーだということでした。

もちろん、こうなると、ユダの母親はひどく忙しくなります。講演とかテレビ出演とかで、もうもう家庭もかまっている暇もないほどの殺人的スケジュールの毎日だって聴きましたよ。でも、殺人的だなんて思うのは他人だけで、あの母親自身はきっと、生き生きとそれらを次々と消化していたにちがいありません。いえ、わたしは、見ておりませんよ。見ていなくても、わかるんです。

父親のほうは、どうなったかですって？

彼のほうからの申請で、離婚したっていう話ですよ。ただ、母親がそれを承知した

条件というのが、今後も、「イスカリオテのユダの母親」という名を、ペン・ネームとしてだけでも使い続ける権利を有す、という一事だったそうです。しかし、女は怖《おそろ》しいですなあ。わが息子の不幸さえ売り物にしてしまうんですからね。

カリグラ帝の馬

我が輩は、馬である。

名前は、ある。インチタートゥス、という。

なんだ、名のついた馬か、名前のある動物ならば馬にかぎらず、犬だって猫だって珍しくはないではないか、などと簡単に片づけないでもらいたい。我が輩インチタートゥスは、ローマ帝国元老院の、立派な議員様でもあったのだからね。

時代は、西暦一世紀の前半。帝国の勢力の及ぶ「ローマ世界」が、北はドーヴァー海峡から南はアフリカの砂漠まで、西はイベリア半島から東はアラビアの砂漠まで拡張された頃の話だ。帝都ローマは、そのちょうど真中に位置した感じで、地中海は、この「ローマ世界」の、中庭と言ってもよかった。このオレも、アラビアの砂漠を越えてパレスティーナにまず連れて来られ、そこの港からは船で地中海を旅してローマに着き、皇帝に献上されたアラブ馬の一頭だったのだ。

旅していて、よくわかったね。ローマ世界と人々が呼ぶのが、「パクス・ロマーナ」ローマによる平和が支配している世界だということが。それだからなお、この広大な世界を支配するローマ帝国皇帝、我が輩にとっては新しく主人になる男に、おおいに興味をいだいたというわけだ。

一列に並ばされて待っていたオレたちの前にあらわれた皇帝を見て、その意外な若さにまず驚いた。誰だって皇帝なんて聞くと、威厳のある相応の年寄りだと思うのが当然だろう。それが、二十代の若者なのだ。肉体的に若いというよりも、与える感じがひどく幼かった。

背は高く、身体《からだ》つきは、がっちりしたほうだった。肌の色は、中の血の色がうかがわれるような白さだった。ただ、背も高く頑丈な身体つきだったが、どこか均整がとれていないと思わせるのは、首と脚が、身体の他の部分に比べて、頼りない感じを与えるほど細かったからだろう。ひたいは狭く、その下の眼は、若者にしてはひどくくぼんでいた。鼻は、高いというより大きく、口は、小さくぽっちゃりしていて、まるで女の子の口だと思ったのを、今でもよく覚えている。口数は、その日はひどく少なかった。つい先頃わずらった大病の疲れから、まだ完全には立ち直っていないからだと、人々はささやき合っていたが。

カリグラ帝は、馬丁に附きそわれて一列に並んでいるオレたちの前を、特別な興味も示さずに通り過ぎた。だが、献上者である大金持のアラブ人の説明は大げさにしても、十頭のアラブ馬は、皇帝に献上されても少しも不思議ではないほど見事な馬だったのだ。その証拠に、皇帝に附き従っていた皇帝の側近の者たちは、いちように、見事なアラブの純血馬に、感嘆の声を押さえきれなかったのである。

ところが、これらのローマ帝国の将軍や高官たちも、十一頭目の馬の前、つまり我が輩の前に来た時は、無礼にも笑い出しやがったのだ。予期していたとはいえこれにはあわてたアラブ人は、笑声に消されまいとしてか一段と声を張りあげて、こう言ったのである。

「皇帝陛下、この馬は、御覧のとおりにぶかっこうであります。これだけですと、ダマスカスのバザールでも、一セスティエレでも売れないでしょう。それをわざわざ陛下に献上する馬に加えましたのは、この馬が、ひどく利口な馬だからでございます。まったく、人語を解すのではないかと思うほど、賢い馬なのでございます」

これで笑声は止《や》んだが、人々がこの言葉を本気に取っていないことは、彼らの笑いをふくんだ眼の色を見るだけでわかることだった。

そりゃあ、そうだろう。人語を解する馬なんて、調教の言葉ならいざ知らず、現実的なローマ人には信じられることではなかっただろうから。ただ若い皇帝だけは、少しばかり好奇心をそそられたようだった。我が輩の前に立ちどまっただけでなく、横にまわってまでして、このオレをじっと見つめたからだ。

皇帝が興味を示したので、しかたなく皇帝の後に従って、横からオレを眺めることになったローマ人たちは、またも笑い声を飲みこむのに苦労している様子だった。実際のところ、我が輩ときたら、アラブ人の説明も必要ないほどに、ぶかっこうにできているのだからしかたがない。がっしりした大型の馬なのだが、首と四本の脚が不均衡なほどに細く、そのうえ、たてがみもふさふさというわけにはいかなく、白っぽく色の変った毛の一束が、頂上にちょんとあるだけなのだ。まあ、禿《はげ》の馬というものがあったら、我が輩のような馬を指すのだろう。このオレを、旅の間中、仲間の馬たちは、聞こえよがしに、

「みっともない、われわれの面汚《つらよご》しだ」

などと言っては笑ったものだった。

なに、あいつらは、皇帝の厩舎《きゅうしゃ》に入るというだけで、馬のくせにローマ市民権を与えられでもしたかのように、つまり「ローマ世界」で一人前と認められたかのように、

やたらと得意になって、それまでの仲間を見くだしたような、馬鹿《ばか》で情に薄い連中なのだ、相手になってもしかたがないと思っていたから、オレは平気だったがね。

ところがおかしなことに、カリグラ帝は、仲間の見事な馬たちをさしおいて、我が輩を皇帝の乗馬用の馬に指定したのだから、馬を見る眼のある将軍たちまでがびっくりしてしまったのだ。側近の中には、

「陛下の御立場にふさわしくないのでは」

と言った者もいたそうだが、カリグラ帝は、耳さえも貸そうとはしなかったという。この命令を受けて有頂天になったのは、オレの世話係であった馬丁だけで、それまでは、

「こんなみっともない馬の世話をさせられるくらいならば、円形競技場の建築現場で働かされるほうがずっとましだ」

などとぐちっては、厩舎のわらがしめっていても、取り替えてもくれなかったのである。それが、皇帝の乗る馬の馬丁ともなれば、いずれは厩舎の主任にでも出世できると考えたのか、それ以後はやたらと親切になったのだから笑わせる。奴隷《どれい》でいると、根性までも奴隷のそれになるのだろうか。

我が輩にも、なぜぶかっこうな自分が選ばれたのか、はじめのうちはよくわからなかったが、いつかの出来事を思い出して、なんとなく納得させられたような気がしたものである。

それは、ローマには珍しい、じめじめした秋雨の降る夜だった。夜着をはおっただけの皇帝が、前ぶれもなく、一人の奴隷に燭台《しょくだい》を持たせただけで、厩舎を訪れたのである。そして、他の馬たちには眼もくれず、まっすぐにオレの前にやってきて、落ちつきなくまわりを歩きながら、ぶつぶつ、こんなことをつぶやいたのだ。

「お前は、わたしの言うことがわかるんだね。ね、わかるんだろう。いや、言わないことでもわかる、と顔に書いてある。ホラ、お前の眼がそんなに優しいのがなによりの証拠だ」

我が輩も、さすがに驚きましたね。優しい眼といったって、馬の眼は優しいのが普通で、猛々《たけだけ》しかったり意地悪な眼をしている馬なんて、いないのが常識ではないですか。ただ、この人は眠れないのではないかと思ったら、生来皮肉なオレも、少々哀れに感じたことは白状しなければなるまい。皇帝の乗馬に任ず、という命令がとどいたのは、たしか、あの夜からは二十日ほどが過ぎた頃だったと思う。

皇帝用の馬に指名されたからといって、皇帝がこのオレだけに乗るわけではない。他に何十頭も皇帝用の馬がいて、皇帝が属領を訪問したりする時は、少なくとも十頭は附き従うのが通例になっている。どちらかというと、我が輩は、カリグラ帝にあまり乗られる機会のない馬の一頭だった。

なにしろ、このオレは、大きな図体の上にぶかっこうときているから、似たようなぶかっこうさのカリグラが乗ったりすると、もうそれこそ見てはいられない有様になるのである。皇帝の通る道の両側に群がる民衆も、この景物には、遠慮会釈《えしやく》もなく笑いころげるので、やはり、皇帝の威厳を保たねばならない場合ともなると、少々都合が悪い結果になるのだった。それで、あまり乗ってもらう機会に恵まれなかったのである。ただ、このオレに対する皇帝の態度は、厩舎にいる他の皇帝用の馬たちとはおおいにちがった。

まず、我が輩だけが、仲間たちと同居の厩舎から引き出され、オレ専用に皇帝が造らせたという、大理石づくりの厩舎に入れられたのだ。そこは、馬が十頭住むこともできそうなほど広々としていて、寝室、食堂、応接間の区別さえある、立派なアパルトマンになっている。各々《おのおの》の部屋には、馬である我が輩にふさわしい〝家具〟までついていた。例えば、食堂に置かれたまぐさ桶《おけ》は、オレの馬丁に、

「これは、一財産だ！」

と嘆声をあげさせたほどのシロモノで、象牙《ぞうげ》をつなげて出来ているそれは、つなぎ目には黄金を使ってあり、馬丁は、オレのためというよりも自分の眼を愉《たの》しませるために、必要もないのに、暇があればそれをみがいていたものだ。

その他に、皇帝が我が輩のために整《そろ》えさせたものには、皇帝専用の色である深紅色の靴、もちろん、オレ用だから、一そろえが四つだが。また、宝石で飾られた、華美の極をいくと言ってもよい馬衣も、〝衣装戸棚〟に詰まっていたのだ。それどころか、カリグラ帝寵愛《ちょうあい》の馬という立場にふさわしく客人も応対できるようにと、我が輩専用の奴隷まで贈ってくれたのだった。馬丁もふくめてこれらの奴隷たちは、我が輩に呼びかける時は、まずひざまずき、カリグラが考えに考えた末に落ちついたオレの名前で、

「インチタートゥス閣下」

と呼びかけねばならないことにもなっていたのである。

オレは、ちょっとむずがゆい気分にならないでもなかったが、与えられた環境に順応するのは、オレたち馬の世渡りの技だ、鷹揚《おうよう》に、

「ヒヒーン」

と答えてやることにしていた。こうしていれば、皇帝は満足し、奴隷たちも首を斬《き》られなくてすむのだからね。

ただ、カリグラのしてくれた親切の中で、一つのことだけは、なんとも有難迷惑で、慣れるのにだいぶ時間がかかったものだった。

それは、不眠症の彼だからこそ思いついたことだろうが、我が輩が熟睡できるようにと、オレの厩舎の周囲に、夜ともなると十人もの兵士を配置し、オレの眠りをじゃまする音をいっさい立てさせないように見張らせたことなのだ。ありがたいけれど、これは、仲間の馬たちの歯をかみ合わせる音や馬丁たちのおしゃべりの声の中でも、充分眠れるように習慣のついた我が輩にとっては、かえって熟睡をさまたげる結果になってしまった。考えてみたまえ、厩舎の外の草むらに、息を殺した男たちが十人も控えているなんてことは、思っただけでも気が重くなる。それで、我が輩は、後世のなんとかいう名の法王が、寝ずの番をしていたスイス衛兵に言ったように、窓から首を出し、

「ねえ、おまえたちも当番室にでも行って寝たらどう？　そうすれば、両方とも眠れるから」

とでも言いたかったが、人語は解しても話すことはできない我が輩の悲しさ、これ

さえも不可能となれば、あとは、慣れるのを待つしかなかったのだった。

だが、この頃から、ローマの市民たちは、

「カリグラ帝は狂った」

と噂《うわさ》するようになったのである。

まずはカリグラ帝について、少々説明しておく必要がありそうだ。狂ったとか、いや正気だとかの噂が広まるようになった今となっては。

カリグラというのは、正式の名前ではない。いわば、愛称なのだ。本名は、ガイウス・ユリウス・カエサル・ゲルマニクス、という。

初代皇帝アウグストゥスの娘ユーリアと、アウグストゥスの右腕といわれた将軍アグリッパとの間に生まれたアグリッピーナを母に持ち、これもローマの名家の出であるゲルマニクスを父として、西暦一二年の八月三十一日に生まれている。彼の生まれた頃は、曾祖父《そうそふ》アウグストゥスはまだ健在で、ローマ世界はまさに、「パクス・ロマーナ」を謳歌《おうか》していた時代だった。兄弟姉妹は、幼時に死んだ二人を加えれば、八人もいたことになる。その中に、後に皇帝ネロの母になる、アグリッピーナもいた。この同名の母と娘を区別するために、普通、カリグラの母のほうは大アグリッピーナ、妹のほうは小アグリッピーナと呼ぶことになっている。

父のゲルマニクスは、ローマ軍団を率いる有能でも聞こえた将軍だったので、外地勤務が多く、家族同伴が許されていた高級将校の慣例に従って、大家族のゲルマニクス家も、主人の任地が変るごとに、その地方に居を移すのだった。ローマの南アンツィオで生まれたカリグラも、だから、幼年期も少年期も、事実上、兵営の中で育ったことになる。

ローマ軍団の兵営は、兵営といっても兵舎があるだけでなく、ローマ人の現実的傾向を反映して、前線の基地でさえも、小さな町のつくりになっていた。基地と基地の間には、まず街道を建設し、通商もそのローマ街道を利用して盛んだったから、もともと軍事基地として生まれた町が発展して、大きな町になった例は、西欧では数しれないほど多い。ケルンも、そういう町の一つである。

とはいえ、西暦一世紀の頃は、町の主人はやはりローマ軍団であった。小さなカリグラは、ローマの兵士たちがはくのと同じ形の軍靴《ぐんか》の小さいのを作ってもらい、それをはいて遊びまわっていたのだろう。父親の部下である兵士たちは、この、ぽちゃぽちゃ肥《ふと》ってまったく子供らしく陽気なカリグラを、軍団のマスコットにして可愛《かわい》がっていたのだった。

カリグラという愛称も、小さな軍靴、という意味なのだ。ローマ軍団の兵士たちは、「カリガ」と呼ぶ、軍靴といっても現代のものとはまったくちがうが、革製の底には一面に鉄の鋲《びょう》が打ってあり、足許《あしもと》をくるぶしまでおおう部分は、これも網状の革で作られている、一種のサンダルをはいていた。このような作りのサンダルだから、長時間の行軍でも疲れが少ない。足許を完全に保護していないながら、軽いし、通気性もよかったからである。素足にこれでは足が凍ってしまう地方では、靴下をはいた上にこのサンダルをつけていた。一面に革でおおった長靴をはこうと思えばはけた将軍でも、実用的なこの「カリガ」を愛用する者が多かったから、この軍靴は、勇猛無敵といわれた、ローマ軍団の象徴でもあったのである。だから、カリグラという仇名《あだな》も、「ローマ帝国の子」とでも言いかえてもよいような愛情と敬意の混じった気持を、それを口にするローマ市民に起させる、単なる愛称以上の愛称なのであった。

実際、二十五歳で帝位についたカリグラ帝に、大衆は、当初は心からの拍手喝采《かっさい》を送ったものである。

もちろん、幼児の頃のような、あまりの可愛らしさに、曾祖父のアウグストゥス帝が、カリグラの画像を描かせ、それを自室に飾らせて、部屋に入るたびにそれに接吻《せっぷん》したといわれる頃の面影はなく、それどころか、子供時代に可愛い子は成人すると美男でなくなる例で、御世辞にも美丈夫とはいえなかったが、皇帝に即位した当時のカリグラが、大衆から愛されていたことはまちがいない。それは、前皇帝ティベリウスの養子であった時代の彼の存在が、あまり目立たなかったので、大衆も判断のくだしようもなかったことと、その代わり、彼の父であったゲルマニクスへの大衆の憧《あこが》れが、その子カリグラに、無条件に転移したからだろう。

父ゲルマニクスは、眼識豊かな人はともかくとして、大衆から愛される人物に必要な条件を、すべて兼ねそなえた男だった。

まず、非常に義を重んずる武人で、目上である皇帝だけでなく、部下の一兵士に至るまで、正義をもって対するのでは一貫していた。アウグストゥス帝が亡《な》くなり、ティベリウスが帝位についた当時、軍団はそれに反対し、ゲルマニクスをかつぎだそうとしたことがある。それを、ゲルマニクスは、きっぱりと拒否しただけでなく、ティベリウスはアウグストゥスの養子で、自分はそのティベリウスの養子にすぎないことをあげ、皇位継承権は明確にティベリウスにあることを示し、軍団に、新皇帝に忠誠を誓うよう推《すす》めたのであった。まったく、フェア・プレイ以外のなにものでもないと言うしかないが、そのうえに、ゲルマニクスは、三十四歳の若さで死んだのである。そこの若くして死んだ華々しい英雄に、民衆の愛惜の情が集中したとて無理はない。

の子であるカリグラには、生きていたらゲルマニクスこそ、ティベリウスの後を襲って堂々と皇帝になれたはずだと思う民衆の情が、ごく自然に転嫁《てんか》されたのだった。カリグラも、その点はわかっていただろう。帝位即位後に自分を包んだ拍手喝采が、自分の実質に対するものでなく、父親の残した思い出によるものであるということが。

実際、即位直後のカリグラ帝には、元老院や民衆の立場も尊重して、立派な皇帝になろうという意図は充分にあったらしい。世は、神君と尊称された初代皇帝アウグストゥスに、官僚的だと民衆の評判は悪かったが、見事な行政官であることでは誰もが認めた二代皇帝ティベリウスの二人が、いずれも長期の統治の末に、帝国の基礎を確立した時代である。この二人の後に続いただけでも、比較されて大変なのに、カリグラには、フェア・プレイの精神の肉体化のように思われていた、紳士ゲルマニクスという、父親とも比較されるという不運が待っていたのだった。

なに、父のほうは忘れて、二人の前皇帝のほうをまねすればよかったのである。政治は、フェア・プレイの精神だけではこなしきれないものなのだから。ゲルマニクスだって、もしも皇帝になっていたら、紳士的な振舞いばかりは続けていられなかったにちがいないのである。だが、カリグラの不幸は、頑丈な身体《からだ》つきに似合わず、ひどく動揺しやすい神経を持っていることだった。そして、その彼の繊細な神経を、まだ準備も整わないうちに手の中に転がりこんできた、ローマ皇帝という強大な権力が、踏みにじってしまったのである。

カリグラは、最初の頃はおずおずと、一つのことをやって反応をみた。即位直後は父親をまねようとしたらしかったが、それもいくらやっても、父の得ていた評判に及ばないことがわかったので、わざと反対のことをしはじめたのである。これは、ローマ帝国の皇帝にはどれほどのことが許されるかという限界を、試してみるという、少々子供じみた好奇心のあらわれでもあった。

まず、いかにもみっともない馬を、皇帝用に指名した。だが、これは、人語も解するという利口な馬のことだから、信じない者でも、そうそう口をとがらせて非難することでもない。それで、次には、その馬のために大理石づくりの厩舎を建ててやった。これには、自分たちこそ指導者階級であるとまだ信じている、元老院議員たちの眉《まゆ》をひそめさせるくらいの効果はあった。だが、民衆は、かえって面白がって拍手した。なぜなら、堅実ではあっても華やかさの欠けていたティベリウス帝時代が二十年以上も続いた後で、広大なローマ帝国の一員だと自負している民衆も、ここらあたりで陽気になにかやりたい、ぐらいの気分になっていたからであろう。愛馬に象牙づくりのかいば桶を贈るとはやらかすではないか、というわけだ。

しかし、彼らの「ちっちゃな軍靴」が、その馬を元老院議員に任命した時は、ローマ中は声もなかった。ローマは帝国になっても、ローマの出す布告には、S・P・Q・Rという四文字が記されている。セナートゥス・ポプルス・クェ・ロマーヌスの略字で、ローマ元老院並びに市民、という意味だ。これは、いかに皇帝をいただく時代になっても、広大なローマ世界の主人公は、ローマの元老院とローマ市民であるという気概のあらわれで、それが馬なみに格下げになったということは、ローマ市民には我慢のならないことなのであった。

ついこの間もあったではないか、同じようなことが。労働党出身の英国首相が、女秘書をレディにしたっていうあの話だ。あの男もサーやレディたちを、カリグラが元老院を軽蔑《けいべつ》していたのと同じに見ていたんではないかな。

ところで話を元老院議員になったオレにもどすが、これで、ごうごうたる非難がわき起るかと思っていたが、もしかしたらカリグラ帝もそれを待っていたのかもしれないのに、人々は静まりかえるだけなのである。同時期、カリグラがやみくもに発する死刑宣告が高官たちをふるえあがらせていたから、ここで批判の声をあげて殺されてはたまらない、とでも思っていたのかもしれない。振りあげた手の持って行き場に困ったのは、カリグラのほうだった。

それではとカリグラ帝は、神殿に黄金製の自分の立像を置かせ、その日自分がつけるのと同じ衣装を、その像にも着せた。これにも、ローマは、黙ったままである。陰では言っているにちがいないが、表立ってなにかを言う人は一人もいない。

今度は、神たちとなるべく近くに住まおうと、皇帝の宮殿のあるパラティウムの丘と、ユピテル神殿のあるカピトリウムの丘を廊下でつながせた。この廊下は、ちょうどアウグストゥスを祭る神殿の上を通っていたので、ローマ人たちはひどく気を悪くしたが、この時も、カリグラに忠告したのは、祖母のアントニアだけだった。それに、カリグラは、こう答えたものである。

「忘れないでほしいですね、わたしが、全世界に及ぶ権力の持主であるということを」

ある時、元老院の議場に着席したカリグラが、始終笑みを浮べているのを不思議に思った議員の一人が、なにか愉しいことがあったのですか、と聞いたことがある。それに、皇帝は、

「わたしの合図一つで、ここにいる元老院議員たち全員の首を落とすこともできる、と考えていたのだ」

と答えたのだった。口うるさい女だったが、気丈でもあった母親の大アグリッピー

ナがすでに亡くなっていたことは、カリグラのような男にとっては不幸なことであった。

だが、オレは知っている。最後の頃には、このオレしか身近に置かなくなったカリグラが、鏡の前で、わざとグロテスクな印象を与えようと表情を変える技をみがいていたことも、だが、それにしばらく熱中した後は、眠りもやらず、一晩中部屋の中を行ったり来たりしていたことも知っている。そして、それほど悩むのならば、ごく普通の人間の振舞いをするよう改めれば簡単なのに、翌日はまた、奇矯な衣装をつけて、わざと公衆の前に姿をあらわすのだった。ひげを黄金色に染め、ユピテル神のように雷光をかたどった杖《つえ》を持ったり、別の日には、三叉《みつまた》の矛《ほこ》を片手に、海神を気取るのである。ある日などは、ヴィーナスの扮装《ふんそう》であらわれたこともあった。

このカリグラ帝が、誰の手の者ともわからぬ殺人者によって命を落としたのは、西暦四一年の一月、二十八歳の年である。四年足らずの統治だった。

ああ、その後我が輩はどうなったかって？

もちろん、殺されたよ。カリグラ帝に関係があったというだけで、妻だけでなく幼い娘も殺されたのだから、馬なら殺されても仕方がないではないか。大衆の気分というのは、こんなふうに、右から左へ大きくゆれ動くものなのだ。つまり、過激は、なにも〝過激派〟だけの専売特許ではないという証拠さ。

大王の奴隷《どれい》の話

御主人様が亡《な》くなられてから、早いもので、もう十年になります。

その後わたしは、なにをして生きてきたかですって？

御主人様にいただいた品々を売り払った金《かね》で、この、狭くても実り豊かなテッサロニケの土地を買い、ここでできる果実や野菜を、ペラの街に売って生活しているのです。五十の坂を越えたわたしには、高名なお方の許《もと》に奉公して、その方の行くところはどこにでも従《つ》いていくという生活は、やはり骨身にこたえるようになりましたからね。いや、御主人様につかえて過ごした十七年間に、わたしは、普通の人間が一生かかって生きる分を、圧縮して生きてしまったのかもしれません。

御主人様は、どんなお方かとおたずねになるんですか？

そう、なんとお答えしたらよいでしょう。あの方は、一言で批判するには、複雑すぎる性格の持主でした。

肉体的にはどうだったかですって？

ああ、それはもう、美しい殿方でしたよ。背丈は、人並以上に高いというわけではなかったけれど、均整がとれた身体《からだ》つきで、大きすぎも小さすぎもしない頭は、太い首にささえられて安定していたし、細おもての顔も、はっきりした造作のために、貧弱どころか堂々とした感じを与えるのでした。髪の毛は、黒に近い褐色で、切れ長の眼が、喜怒哀楽を実に正直にあらわす方でしたね。

御主人様が十六歳の年から三十二歳で亡くなられるまで、おそば近くでおつかえしたわたしですが、あの方の肉体は、重ねる年があらわれてくるという類《たぐい》のものではなかった。日頃の鍛練の結果というよりも、神が、若くして死ぬ運命にあったあの方に、せめて生きている間は、衰えを知らない肉体を与えようと決めたのではないかと思うほどです。

でも、十代の頃はやはり、しなやかな細身の肉体で、肌も、入浴の後の香油を塗っていると、わたしの手の動きをはね返すような弾力がありました。それが、三十を越える頃からは、俗にいう肉がついてきたというのでしょうか、感触は堅く変って、成熟期に入った男の肉体を感じさせたものです。

あの方の肌は、香油をつけていなくても、えもいわれぬ芳香を放っていたと、人は言います。ある人は、その原因を、アレクサンドロス大王が、火のように熱い体温の持主であったからとしました。その人に言わせると、芳香というものは湿気が熱に温められることによって生ずるので、そのために、世界の中でも乾燥して火気の多い地方が、最も良質の香料の産地となるということです。なぜなら、太陽が物体の表面に腐敗の素《もと》としてたくさんある湿気を取去るからというわけで、人よりは体温の高い大王の身体から芳香がたちのぼるのも、この原理によると言うのです。

わたしには、このようなむずかしい理屈はわかりません。でも、体育競技でも戦闘でも、それを終えてもどって来られる御主人様の衣服や甲冑《かっちゅう》をお脱がせするのもわたしの役目でしたから、そのたびに鼻をつく匂《にお》いが、他の人々のとはちがうのは感じていました。ただ、そのような時の御主人様の体臭は、汗くさい不快なものではなく、なんと言ったらよいでしょうか、太陽をいっぱいに吸った乾《ほ》し草の放つ香りとでも言いましょうか、不快でない程度に男くさい体臭であったことは、昨日のことのようにはっきり覚えていますよ。

もちろん、御主人様は、他のギリシアの殿方と同じように、外からもどられるとすぐに入浴し、裸体をわたしに麻布でふかせた後、横になって香油を塗らせるのを習慣にしていましたから、あの独得の体臭は、その頃にはすっかり消え去っていたのでした。

父上との関係はどうであったか、とおっしゃるのですか？ マケドニア王のフィリッポス様についてのくわしいことは、奴隷の身のこのわたしにわかるはずがありません。でも、御父上は、息子のアレクサンドロス様を、自分の世継ぎにふさわしいと誇りに思っておられたようです。でなければ、十六歳の息子に、戦争に出かける後の統治をまかせるはずもありません。ただ、同時に、わが息子ながら怖《おそ》れも感じていたのではないでしょうか。息子の自慢話に興じた後ですぐ、なにやら不安な顔つきでもの想《おも》いにふけられるということでした。

それは、おそらく、フィリッポス様が、アレクサンドロス様の母上のオリンピア様を離婚して、若い女を妻にし、その女に子が生まれた頃からであったように思います。アレクサンドロス様のほうも、誇りを傷つけられた母の苦悩に、無関心ではいられない方でした。この父上が、アレクサンドロス様が二十歳になった年に暗殺されたのが、かえってよかったのではないかと思います。でなければ、早晩、この父と子の間には、なにかが起らずにはすまなかったという感じがしてならないのです。

それでも、フィリッポス様は、良き父としての責務を充分に果たされたことは、誰もが認めるところです。レオニダス師を抜擢《ばってき》して、アレクサンドロス様に対し、将来の君主に必要な厳格な教育をさずけさせたのもフィリッポス様ですし、青年期に達するや、有名な哲学者のアリストテレスを招《よ》び、アレクサンドロス様に、哲学や政治学、倫理学、それに医学まで学ばせたのも、御父上の配慮なしには実現しないことでした。今でも見ることのできるリシッポスの造った像が、アレクサンドロス様を最も忠実に把《とら》えていると評判ですが、わたしに言わせれば、いかにあの芸術家が、御主人様の、あごを軽く左の方に傾ける癖や眼にうるおいをたたえているところを正確に写していると言っても、あの方の全身からかもし出される、王者の威厳と若々しい生命力までは、写しきれていないように思います。それどころか、これがアレクサンドロスの像だと知らない人ならば、ギリシアの都会アテネの上流階級の若者を写した像と言われても、なるほどと思うだけかもしれません。それが、実際の御主人様からは、都会育ちの青年には絶対に見られない、一種の野蛮な気迫のようなものが感じられたのです。これは、王の息子に生まれ、帝王にふさわしい教育を受けても消し去ることの不可能な、そう、甲冑をお脱がせするたびにこのわたしを酔わせた、あの、午後の陽光にも似た、御主人様独得の体臭に似たものであったかもしれません。

高名な哲学者を師とし、ギリシア人の誰が望むよりも恵まれた教育を受けることのできた御主人様も、だから、それに溺《おぼ》れるということはなかったのでしょう。おそらく、真に心から愛した書物は、それを知っているというだけで人々を賛嘆させる哲学でも倫理学でもなく、ホメロスの書いた『イーリアス』で、御主人様は、この書物を、最も役に立つ戦術の教科書と言い、短剣とともに枕《まくら》の下に入れて寝るのが常でした。これほどですから、何度読み返されたか、わたしでも覚えていないほどです。『イーリアス』に出てくる英雄たちの中では、とくにアキレスを好まれたようです。好んだと言うよりも、自分と一体化して考えられていたのかもしれません。アジアに遠征される時も、まずはじめに立ち寄られた地はトロイでしたが、そこでは全軍を留め、女神アテネに犠牲をささげ、英雄たちの霊をとむらった時も、とくにアキレスの墓標には、香油を手ずからかけられたほどでした。そして、慣習に従って自らも裸体になって人々と競技をした後に花輪までささげ、いつになくしんみりした声で、こうつぶやかれたものです。

「生きている間はパトロクロスという親友に恵まれ、死んでからは、ホメロスという偉大な報告者を得たアキレスは幸運であった」

わたしから思えば、御主人様とホメロスの英雄は、似たところが多いように感じます。いや、わたしだけでなく、ギリシア人はみな、アレクサンドロス大王を、アキレスの化身と見ていたのではないでしょうか。美男であることも共通しているし、勇気があり、危険を軽蔑《けいべつ》する点でも似ています。また、身分の上下に関係なく人に親切であることも、閉鎖的な性格でなく、すぐに友人をつくることも、鷹揚《おうよう》で、なんでも人に贈ることが好きな点も似ています。欠点のほうでも、気分が突如変るところや、粗野な振舞いが多く、怒りが爆発するとそれを鎮《しず》める手段のない点でも似ているようです。そして、二人とも、若くして死神の招きを受けた英雄でした。

しかし、なによりもこの二人に共通していたのは、名誉に鋭敏であったことと、野望に駆り立てられていたことでしょう。アレクサンドロス様が、御父上が試みて果たさなかった事業、ペルシア遠征という大事業に着手されたのは、御父上の後を襲ってギリシア王になられた、二十歳の年のことです。そして、実際に軍がアジアに渡ったのは、その二年後。遠征には、スパルタを除く全ギリシアが参加したのです。歩兵三万余り、騎兵は五千という大軍で、御主人様は、その総大将という資格でした。

戦いの情況は、天幕の中で主人の帰りを待つ身のわたしには、くわしいことはわかりません。でも、戦いを終えて天幕にもどって来られた御主人様の晴々しい様子は、勝利をものがたって余りあるものでした。ペルシア王ダリウスとの第一戦は、大成功のうちに終ったのです。ギリシア軍には、天幕をたたんで、さらにアジアの奥深く、ペルシア王を追っての進軍がはじまったのでした。

進路に立ちふさがる街々を、次々と征服しての進軍中の話です。ゴルギオンの街を占領した時、灌木《かんぼく》の皮で縛ってある評判の車が、御主人様の前にひいてこられました。ペルシア人の間での言い伝えによると、この結び目を解く者は全世界の王になると運命づけられているということです。征服されたこの街の人々は、ギリシア人のアレクサンドロスが、ひもの端もどこかわからないこの結び目を、どうやって解くかを試すつもりだったのでしょう。もちろん、御主人様には、ペルシア人たちの魂胆が、わかりすぎるほどわかっていたにちがいありません。

人々の好奇心に囲まれた御主人様は、わたしを呼ばれ、低い声で、

「剣を持ってこい」

と言われました。わたしには、どの剣を持ってくるべきか、言われないでもわかったのです。戦場に持っていく、あの太身の黄金の剣を持ってこいと言われていることも。そして、どのように、やっかいな結び目を解こうとされているのかも。

振りかぶった剣が振り降ろされた時、何百年もの間多くの人の頭を悩ませた結び目は、真中から断ち切られていました。いかにも、アレクサンドロス様らしい回答のしかたです。天才の発想は、凡人のそれとはちがうところにあるという証拠を示された

のです。戦場を実際に見ることのかなわないわたしでさえも、それをする必要もないと感じたものでした。あの方は、きっと戦闘も、これと同じ考えに立って指揮していられるにちがいないからです。

また、これも遠征中のことでした。御主人様は、キュドノスの河で沐浴《もくよく》なさった後にひどい熱を出されたのです。行軍に従っていた医者たちは、どのような治療をほどこしてよいかわからないというよりも、手をくだした後でそれが失敗し、大王を死にでもさせたら部下の兵たちから殺されかねないと怖れ、誰もが理由をつくって、御主人様の病床から遠ざかろうとばかりしていました。しかし、マケドニア人ではない一人のギリシアの医者だけは、ここでなにもしないのは医者の恥であると考え、勇気をふるって薬を調合し、それを大王の許に持ってきたのです。ところが、ちょうど同じ時、アレクサンドロス様配下の将軍の一人から、このフィリッポスという名の医者は、ペルシア王ダリウスから高価な贈物をもらい、王女と結婚させるという条件でアレクサンドロスを毒殺するよう頼まれている、と知らせてきました。この手紙を読まれた御主人様は、それを枕の下に入れたまま、薬を入れた盃《さかずき》を持って入ってきた医者を迎えたのです。

まったく、その後の光景は、芝居でも見られないほどの劇的なものでした。医者は盃を差し出し、早く元気になって戦場に出たいとお思いならば、これを我慢して飲んでいただくしかありません、と言う。盃を受け取った大王は、枕の下から例の手紙を出して、それを医者に渡す。御主人様が盃の中の薬を飲まれるのと、医者が手紙を読むのとが同時に進行したのです。大王が毛ほどの疑念も持たないかのように悠々と飲みほすのと、医者の顔色が死人のそれのように白くなるのと。薬を飲み終ってぐったりと床に横たわった御主人様が、少しずつ気力を回復してくる間の長かったこと、その間の病室の空気は、そこに控える人々にとって、窒息しそうなほどでした。治療に成功した医者が、大王からの感謝に浴したことは言うまでもありません。でも、この医者にとっては、まだ生きているという実感を味わえるまでには、相当な時間を要したにちがいないのです。

いよいよ、ペルシア戦役を決した、イッソスの戦いの日がやってきました。とは言っても、あの当時は、これで戦いが決するなどと、誰一人わかっていたわけではありません。後になって考えてみると、ああ、あの日で決着がついたのだと思うだけです。その日のわたしは、ただ、翌日に戦闘を控えている夜でもぐっすりと眠られるのが常の御主人様を、目覚められるまで寝かせてあげたいという気持と、出陣に必要なものをそろえることだけしか頭にありませんでした。

ダリウスとの戦闘は、アレクサンドロス様の軍の完勝に終ったということです。ギリシア軍は数では劣っていたのに、十一万を越えるペルシア軍を相手に、大胆でかつ緻密《ちみつ》な作戦で勝ったのです。ペルシア王は逃げてしまったので、殺しも捕えもできませんでしたが、王の車と弓を捕獲して、御主人様は天幕に引きあげていらっしゃいました。その日の御主人様の若さと誇りに輝いていたこと、奴隷《どれい》のわたしでさえ、ほれぼれと見あげたものです。なにしろ、まだ、二十三歳の青年王者だったのですから。

その頃から、アレクサンドロス大王のアジアかぶれがはじまったのではないか、とおっしゃるのですか？

さあ、あれをアジアかぶれと呼ぶのかどうか。ただ、ペルシア王は戦闘に向うに際して身軽であるために、持物の大部分をダマスカスに置いてきたということでしたが、それでも王の置き去りにしていった天幕の中にあったものの豪華さは、それはもう、ギリシアのマケドニアから来た者の眼をみはらせるには充分でしたよ。かめや壺《つぼ》や浴槽や香油の容器など、すべてが黄金製なのです。それも、巧妙な細工がほどこされていて、御主人様でさえも、驚嘆したまましばらくは声もなかったほどでした。ようやく口にされた一言は、

「なるほど、これが王者の生活というものか」

の一句だけだったのです。もちろん、その後のアレクサンドロス大王は、豪華な品品に囲まれるのを好むようになりました。しかし、御主人様は、戦闘の天才だけではなかった方です。美しいものに対する鋭敏な感覚でも、人一倍恵まれた方でした。それほど美しいものを愛した人が、しかも勝者でありながら、なぜペルシア王の妃や姫たちをわがものとせず、ふれもしないで厚遇したのか、王は、女を好むよりも少年を好んだためか、と言われるのですか？

御主人様は、敗者に対して、真に勝者として振舞おうと思われたのです。これは、ただでさえ勝利に酔っている配下の将兵に対して、王自らが手本を示すことでもありました。ペルシアの女は、とくに王の二人の姫の美しさは評判であったので、

「ペルシアの女は眼の毒だ」

と冗談を言われることはありましたが、それに溺れたのを示しては、配下の将兵の欲望にとどめを打つことができません。また、御主人様は、少し前に、ペルシアの海将の姫君バルシネー様を愛人にしておられたので、その、ギリシア風の教育を受けた淑《しと》やかな姫君に心が傾いていたこともあって、他の女たちに対しては、あまり興味を持たれないということもありました。

美しい少年に対しても、普通のギリシアの殿方以上の愛し方は、なさらなかった方

です。あらゆる面でアキレスと似ていた御主人様は、少年愛の点でも、移ろいやすい若さを、その盛りの時に賞《め》でる繊細な感覚に欠けてはいなかったようでした。

結局、アレクサンドロス大王という方は、感傷的な性格の持主ではなかったかと思います。でなければ、この六年後に、宴会の席で踊ったバクトリアの貴族の娘ロクサネーを愛し、ついに正式の結婚までした理由がないというものではありませんか。世間では、このペルシア娘との結婚を、大王が配下の将兵と征服地の娘を結婚させ、それによって大帝国の基盤を固めようと考えた政治的配慮を、自ら先例をつくって奨励しようとした結果であったと言います。でも、おそばにつかえていたわたしには、わかりすぎるほどわかったのですよ。アレクサンドロス様は、ロクサネー様を、ほんとうに愛しておられたのだということが。政治上の対策としてならば、美しさでも身分でも、ロクサネー様をはるかに越えていた、ダリウス王の姫君の一人と結婚するほうが、よほど理屈にかなっているではありませんか。ギリシア女ではなく、ペルシアの女を妻にしたのは、征服地の合体を計ったというよりも、惚《ほ》れこんだ相手が、たまたま政治的にも好都合であった、ペルシアの女であっただけであるという気がします。

もちろん、司令官のつけた先例に従った、ギリシアの将兵たちが多かったのも事実です。しかし、ギリシアの男たちは、アレクサンドロス様の母上のオリンピア様が良い例の、勝気で男まさりで、なにかというと利口ぶることの多いギリシアの女よりは、静かで淑やかで、それでいて官能的なペルシアの女のほうを愛《いと》しいと思ったのも事実でした。これをまた、大王のアジアかぶれの一つと非難した人は多かったようです。シリアやエジプトを征服していた頃のアレクサンドロス大王はどうであったか、とたずねられるのですか？

二十五歳に達しようという年頃、若さに成熟味が少しずつつきはじめた頃で、すべてが簡単にいったわけでもない戦闘も、自信と勇気で、将兵たちを引っ張っていた感じでした。自分の名をつけたギリシア風の街を、エジプトに建設しようと決心されたのもこの頃です。地中海に面する土地を調べさせた結果、当時ファロスと呼ばれていた地に眼をつけられたのです。この土地は、海に突き出たリボン状になっていて、ナイル河の支流の一つの河口近くにあり、広い入江をかかえている地形から、大きな港町に発展する可能性は、見た人ならば誰にでも判断がついたはずです。御主人様は、ここに街を建設し、それを、アレキサンドリアと名づけるよう命じられたのでした。

エジプトに自らの名をつけた街を建設するのは、ギリシアでなくアジアの地に、自分の名を不朽にしようとした意図のあらわれだ、と非難する人がいます。だが、そう言う人には、次の話を聴かせてやりたいくらいです。

というのは、その頃のある日、ペルシア王の財産の中でこれ以上豪華なものはないと評判だった、黄金と多くの宝石で美々しく飾られた小筐《こばこ》が、御主人様の許《もと》に届けられたのです。あまりの美しさと価《あたい》の高さに、眼をみはった人々は、この筐に入れるのに最もふさわしいものはなんであろう、と口々にささやきあったものでした。おそらく、この筐の持主であったダリウス王は、豪華で王にふさわしい、装飾品でも入れていたのではないでしょうか。ところが、その時、アレクサンドロス様は、今や自分の持物となったこの小筐のふたを開け、枕の下にいつもおいておく書物を入れたのです。そして、無造作に、

「わたしは、これに、『イーリアス』を入れてしまっておく」

と宣言されたのでした。これ以上に、ギリシア人らしい振舞いがありましょうか。シリア、エジプトを征服して後、再び東征をはじめた頃の大王は、すっかりアジアの専制君主に変ってしまった、と言われるのですね。

そう、御主人様は、征服した地の人々が恭順を示しに来るたびに、その人たちに平身低頭の礼をさせていたことは事実です。でも、あなた方ギリシア人は、考えてみたことがあるのですか。アジアの人々が、どういう人種であり、彼らを治めていくのに、どのようなやり方が適当であるかを。ギリシア人同志ならば、民主主義も良いでしょ

う。だが、アジアの人々にとっての統治者は、神でなくてはならないのです。神と思わなければ、彼らは従わないのです。

とくに、御主人様が、二十五歳の若さで、ペルシアの王ダリウスを三度目の戦いで破り、アジア第一の王になられてからは、軍事力による征服とともに、征服した地方の統治も、大きな問題になっていました。軍隊の圧力だけでは、所詮《しょせん》、統治は不可能であることを、御主人様は、若いながらに熟知されていたようです。民心をつかむこと、これが何万の兵にも優《まさ》る武器であることを知り、それを活用しようと考えられたのです。

たしかに、アジアの人々のするのと同じことをギリシア人にもさせようとしたのは、御主人様らしからぬ、誤りであったと思います。でも、御主人様もすぐにそれにお気づきになり、アジア人には、自分を神の子であると言わせても、ギリシア人には、そのようなことを押しつけようとは、絶対になさらなくなったはずです。

そうそう、ティグリス、ユーフラテス河を越えたところで、わたしたちは、ギリシアでは見たことのなかったものを発見したのです。それは、黒く光る油で、地の割れ目から、絶えず泉から水が噴き出すように出てくるものです。非常に火を引きやすい液体で、火をそれに直接に点《つ》けないでも、その近くに火を近づけるだけで、たちまち燃えあがるのです。この地方の人々は、大王を歓迎するつもりで、大王の天幕の近くまでこの黒い油を流していき、夜になってそれに火を点けたので、天幕は、その火勢を受けて、夜目にもあざやかに浮きあがったものでした。こういう珍しいことが多くあるものですから、アレクサンドロス大王の東征は、わたしのような者まで、話の種になることを学んだものです。

でも、その頃から、以前は節制しておられた酒の量が、少しずつふえてきたように思います。そして、怒りに身をまかせる度合いも、多くなったようでした。御主人様が変られたのか、それとも、配下の将軍方が変ったのか、わたしにはわかりません。そのような時、あの不幸なクレイトス事件が起ったのです。酔った御主人様とクレイトス殿との間で口論が起き、かっとなった御主人様が刺したのです。

自ら手をくだした親友の死は、御主人様をひどく嘆かせ、その夜中、苦悩と悲嘆で一睡もされなかったのでした。王者としての地位が高くなればなるほど、人は孤独になっていくもの。飲酒の量は、以前にも増してふえたようです。

御主人様の死については、なにをきかれてもわたしにはお答えすることができません。言いたくないというよりも、御主人様がバビロンで死の床にあった間、わたしの頭を占めていたのは看病の一事だけで、それも無駄とわかった十二日目の夕方、わたしは茫然《ぼうぜん》と、眼の前に横たわる、三十三歳にあと一カ月という若さの、魂のない肉体を眺めていただけなのです。誰かがそのわたしを、乱暴に遠ざけたのも、その後に起った人々の悲しみの合唱も、わたしの耳には入ってきませんでした。

どんなふうにしてアジアを横切り、ギリシアに帰ってきたのかも覚えていません。ロクサネー様は、その後、子とともに殺されたとか聴きました。御主人様が十二年かけて征服された地方ですか？　それはもう当然のことながら、御主人様の死の直後から分解がはじまり、今ではもはや、大帝国は伝説にすぎません。あれほどの偉業も、所詮、風の前のちりに過ぎなかったのでしょうか。ほんの少し前までは、神々の愛を一身に受けでもしたかのように光り輝やいていた若い肉体が、ふと気がつくと、白く冷たい大理石に変っているのと同じに。

師から見たブルータス

アテネで教えていたわたしのところに、マルクス・ブルータスが学びにきたのは、いつの頃であったろうか。おそらく、ブルータスが、二十歳に達したか達しないかの年頃であったように覚えている。

教える側からすれば、若いブルータスは、まったく文句の言いようもない学生だった。ローマの上流階級に属しながら、実に素直で、学問に対する熱意も人一倍あり、教師の教えることを、まるで乾いた海綿が水を吸いこむように学ぶ型の学生だった。

政治的にはもはや過去の栄光はなく、ローマの属州の一つになりさがっていたギリシアも、学問の中心としての名声だけはまだ失っていなかった。ローマの上流階級の子弟は、だから、少年期の教育をローマで終えるやいなや、ギリシアに留学に出されるのが慣例になっていたのだ。ロードス島やレスボス島に留学する者もいたが、やはり、ここアテネに学びに来る学生が最も多かった。

ギリシアでの最高学府を終えればローマに帰り、勢力圏を拡張する一方の強国ローマの支配階級の一員になるこれらの学生は、総じて優秀で、知的水準でも高い若者が多かったが、彼らとブルータスとでは、どこかちがうところがあった。他の学生にとってのギリシアの学問は、後の実生活に必要な手段であることが多かったのに反して、ブルータスにとっては、学問を学ぶこと自体が目的であったようである。そのためか、他の学生たちのギリシア哲学や文学、歴史に対する態度は、どこか冷たい距離を置いたようなところがあって、教えるわれわれギリシアの学者たちに、結局は彼らはローマ人なのだ、と痛感させるときがしばしばあったのだ。彼らの知性は、現実的視野に立ったものだった。とくに、若くなればなるほど、その傾向がいちじるしかった。

わたしが教えた範囲内にしても、ブルータスだけはちがっていたようである。この、青白く痩《や》せた、弱々しい感じを与えるけれども美しい若者は、ローマへ帰っての栄達になど、少しも関心を示さなかった。それどころか、一度ならず師のわたしに向って、このままアテネに残って、学問に専念したいという希望をもらしたほどだ。ギリシアの哲学と文学だけを学んで、学生にそれを教えながら一生をおくりたいと。

その夢を変えさせた責任は、このわたしにあるのではないかと思えてならない。

ある、春の日のことだった。さわやかな西風に肌が汗ばむひまもないほどの気持の良い日よりで、わたしは、アクロポリスの丘への散策に、ブルータスをさそった。ギリシア文化に傾倒するこの弟子は、それを教えるギリシア人のわたしまで、自分が傾倒する文化の肉体化のように思って敬意を払って対してくれたから、わたしがこの弟子を、ことさら愛したのも当然だろう。教師というものは、自分が学び教える学問だけが、精神の支柱なのだ。だから、それを敬ってくれる弟子が、やはり可愛《かわい》い。優秀だが批判的に対してくる学生は、その学生の知性は認めても、可愛い存在には、どうしてもならないものなのである。ブルータスが、わたし一人でなく、アテネで教える学者の誰からも愛されたのはこのためだった。

アクロポリスの丘を散策しながら、わたしたち二人は、おおいに語り合った。いや、話したのはわたしであったかもしれない。夢見るような視線を、はるか彼方《かなた》に広がる海のほうに向けたまま聴いていたのは、ブルータスのほうであったから。

ギリシア古典の彫刻とローマのそれとのちがいを、わたしは語った。ギリシア彫刻は、あれは理想の美の極であって、現実には存在しなく、だから、神の像の姿をとるしかなかったのだと。そして、それに比べてローマの彫像は、現実の姿を写したもので、ギリシアが理想の極であれば、ローマは現実の極を示している、と言ったのだ。

若者は、独り言のようにつぶやいた。

「醜い、醜悪だ」

そう言った時の悲し気な表情から、彼の属すローマについて言っているのは明らかだった。わたしは、それに対して、年長者の言葉で答えた。

「そう、醜い。しかし、これが現実だ。そして、結局は現実が勝つ」

無言でいる若者に、わたしは話題を変えた。変えたというよりも、一歩前進させたと言うべきかもしれない。わたしは、自由について話したのだ。人間を人間らしくし、人間を奴隷《どれい》から区別するものはただ一つ、自由を尊重する意志だけだと。それに、ブルータスは、こう問いかけてきた。

「しかし、先生。完璧《かんぺき》な自由とは、ギリシア古典の彫刻のようなものではないのでしょうか」

「そうだろう。おそらく、そうだろう。だが、現実には存在しないとわかっていても、それを追求する以外に、われわれにはほかに、なにができると言うのか。

キミは、ローマへもどりたまえ。ローマへもどって、キミに与えられるにちがいない政務につくしたまえ。そのキミに与えられた使命は、人間を人間らしくするものに、ローマ人を目覚めさせることだ。アポロンの美しい彫像は、どこに置かれても輝きを失わず、人々を感動させるものであることを忘れずに」

ブルータスが去った後も、わたしはこのアテネで、教鞭《きょうべん》を取り続けた。だが、彼に代わってわたしの関心をひくような学生は、もうあらわれなかった。そのためか、アテネにありながら、わたしの眼は、ローマにより向っていたようだ。マルクス・ブルータスのローマでの昇進ぶりは、師であるわたしを満足させるに充分だった。

もともと、才能の優れた男なのだ。それに加えて、ブルータスは、不正を憎み、義を尊び、なにごとも原則にもとづいて行う人という、評判を獲得しはじめていた。私利私欲に走らず、世俗的野心がなく、大義のみを考えて行い話すブルータスをしたう人は、年毎《ごと》に増えていったようである。

それに、わたしという存在から離れた後のブルータスが、叔父であるカトーと親しくし、カトーを尊敬する気持を隠そうともしないのが、わたしの心を安心させた。幼い頃に父を失ったブルータスは、誰かに父を見出《みいだ》さないではいられないのである。とは言っても所詮《しょせん》は現実の父ではないのだから、その理想上の父には、良き面しか見ることができない。それがためにかえって、ブルータスがその人物から受ける影響は深く、しかも決定的になるのだ。わたしを安心させたのは、カトーが、「ギリシア的なるもの」を愛する人物であったからである。

ここで、わたしは、あることを告白しなければならない。この覚え書は公開を目的としたものでないので、誰の眼にふれるのかは、書くわたしにもわからない。いや、ブルータスもあのような死に方をした今となっては、誰の眼にもふれずに終る可能性のほうが強いと思うべきであろう。しかし、わたしは書く。真実を見つめるのは、学者のせめてもの義務であるからだ。

ブルータスへの執着は、わたしの心の奥底にひそむ秘《ひそ》かな怒りのあらわれであった。ローマの支配に屈してからのギリシア人には、商業に従事するか、それとも教師になるしか道は残されていなかった。商業は、下層の者のやることで、われわれのできる仕事ではない。結局、教師をするしかなかったのだが、前にも述べたように、ローマ人はギリシア文化を尊重し、自分たちの子弟がギリシア人の教師から教育を受けるのを好んだので、職場には不自由しなかった。ローマに高給で招かれた者も、幾人もいる。彼らは、新興国ローマを野蛮と軽蔑《けいべつ》しながらギリシアを去ったのに、いつの間にやらローマが気に入ってそこに居つき、故国へ帰ってくる者のほうがまれという有様だった。

アテネの上流階級に生まれたこのわたしにとっても、待ち受けている運命に変りがあったわけではない。若い頃は助手をしながら、後には講座を開いて教えるのが、はじめから決まったわたしの一生だった。

助手時代のことである。当時の私の教授はロードス島で教えていたのだが、そこでわたしは、ユリウス・カエサルという名の、わたしとほぼ同年齢のローマの青年と知り合った。この男を、どう形容すれば彼を語ることができるか、わたしにはわからない。ただ、彼の駆使する論理は、実に現実的で、かつ説得力のあるものだったと言うしかない。二、三度彼と話し合ったことがあるが、そのたびに負けたと思うのは、常にわたしのほうだった。わたしが指導を受けていた教授も、ローマから学びに来ているこの青年には一目置いていて、いつかなど、

「わたしが歴史に残るのは、わたしの学問上の業績によってではなく、ユリウス・カエサルの師であったということであるかもしれない」

と言ったものである。まだ若かったわたしも、この男には、ある怖《おそろ》しささえ感じていた。ギリシア語を完璧に話し、ギリシア哲学や歴史や文学を完全に理解しながら、体内を流れるのは、「ローマ的なるもの」という血であるこの男は、わたしに、いつか、「ギリシア的なるもの」の破壊者となってあらわれるのではないかと思われたのである。このことは、何十年も昔の話で、アテネで教えるようになって以来、すっか

り忘れていたが、あることが起ってからは、前にも増した現実味を持って思い出すようになった。

そのことというのは、ブルータスの招待を受けて、ローマへ行く旅の途中で起った出来事なのである。アテネからブルンディシウムまでの船旅も、そこからローマまでのアッピア街道を通っての馬車の旅も一緒にした相客の一人に、ギリシアの若者がいた。長い旅路のつれづれ、いつともなく話し合うようになったこのギリシア人は、ある時、こんなふうに言ったのである。

「わたしが、世界中でただ一人知り合いたいと思う人が、ユリウス・カエサルなのです。会ったら、あの方に頼むつもりです。わたしを、あの方の下で、百人隊長としてでも使っていただきたいと。男と生まれた者にとっての最高の幸せは、優れた指導者に恵まれることですからね」

このギリシアの若者は、ただこの目的を実現したいためだけに、ローマへ行くのである。彼の言葉を聴いた時、わたしは、世の中が変りつつある事実を感じて愕然《がくぜん》とした。この話は、ローマで旧師を暖かくもてなしてくれたブルータスにも、告げたことである。この話をした後で、わたしは、ブルータスにこう言った。

「ギリシア的なるものは、消え去るのが運命なのであろうか。世の中も、自分から進んで奴隷になりたいと願う者が出るようになっては終りです」

ブルータスは、なにも言わなかったが、心を汚された想《おも》いでいるのは明らかだった。そのような時、よく彼は、ひたいに立つ青筋がピクピク動くのが常だったからだ。

ローマ滞在中に、わたしは、カエサルにも会う機会があった。元老院でのブルータスの演説を聴きに行った時、偶然に隣に坐《すわ》ったのがカエサルだった。カエサルは、かつてロードス島で会ったことのあるわたしに、気がつかなかったようである。ただ、快活な偉丈夫ぶりは昔と変らず、わたしとブルータスの関係も知らないままに、隣席のわたしのほうに身をかたむけて、笑いながら言った。ブルータスの演説が、終った瞬間にだ。

「あの若者がどういうことを欲しているのか、わたしにはわからないが、とにかく、欲することを強烈に欲していることだけは確かだ」

そして、もう一度愉《たの》しそうに笑った後、席を立って出て行った。背が高く、トーガのすそを見事にさばきながら去っていくカエサルは、出口に近づく前にすでに、多くの人々に囲まれていた。彼らのカエサルに対する態度は、王者に対するもの以外のなにものでもなかった。カエサルを囲んで出て行く群れの中に、百人隊長が志願であったあのギリシアの若者の姿を見出した時、わたしの心の中に、くすぶるような怒りがこみあげてきたのである。

あの、二十年も昔にわたしを堂々たる論理で言い負かした男は、ギリシアがかろうじて維持してきた精神的優位さえ、くつがえそうとしている。悪いことには、彼は、それをしようと意図して、しているのではないことだ。真にローマ的なるものを無意識のうちにも確立することによって、ギリシア的なるものを破壊しようとしているのだ。あの男は、「ローマ的なるもの」を体現する、最初の人物になる。これが、わたしの憎悪《ぞうお》の理由だった。

だが、これも書いておく。わたしは、一度たりともブルータスに、カエサルを殺せと推《すす》めたことはなかった、と。


しかし、あれほど辛辣《しんらつ》にブルータスを評したカエサルなのに、ブルータスの気質をあれほども鋭く見通したカエサルなのに、ブルータスを人一倍重用したというのだから面白い。ローマでは、これを、カエサルのブルータスの母セルヴィーリアへの愛のためだと噂《うわさ》していた。

カエサルの女道楽は徹底していて、ローマの上流社会の女なら、未婚既婚を問わず、カエサルの誘惑から自由であった女はいないという評判だったが、その中でも、セルヴィーリアとの艶聞《えんぶん》は有名だったのだ。ブルータスは、実はカエサルの子なのだと言う人は多かった。四度にわたる結婚でも、男子には恵まれなかったカエサルは、姪孫《てっそん》のオクタヴィアヌスを相続者に指定していたが、ブルータスをも実の息子のように可愛がっていた。カエサルがポンペイウスと敵対した時に、ブルータスはおおかたの予想を裏切ってポンペイウス側につき、敗れたのだが、そのブルトタスさえカエサルは許したので、人々は、これは普通の仲ではないと言い合ったのである。

だが、ブルータスは、この話にふれられるのをひどく嫌っていた。母は愛し敬していたけれど、情におぼれる母の性格は、我慢ならないようだった。その証拠が、妻に選んだカトーの娘のポルキアだ。ポルキアは、気位が高く知性の豊かな女で、ブルータスとの新床の上で、彼の腕に身を投げかける前に、こう宣言したという。

「わたくしとあなたは、主義で結ばれたのです。あなたに嫁いだのは、なにも妾《めかけ》のように、寝床や食卓をともにするためではなく、喜びも苦しみもともにするためです。なにごともわたくしに、打ち明けてくださるように。わたくしは、カトーの娘でブルータスの妻として生きたいのです」

もちろん、ブルータスは彼女に、すべてを打ち明けることになる。あの、三月十五日の陰謀のことも。

カエサル暗殺が決行された前後、わたしはローマにはいなかった。ことの次第は、ブルータスが可愛がっていてわたしの弟子でもあった青年が、決行の直後にローマを去りアテネに来て、すべてを語ってくれたので知ったのである。

ブルータスに、カエサル殺害を決意させたのは、実はカシウスだった。カシウスとブルータスは、カシウスがブルータスの妹のユーニアを妻としていたので、義兄弟の関係にあったのだが、もともとカシウスは、激した性格と、恨みをいつまでも忘れないことで有名な男だった。このカシウスが、かつての自分の戦功をカエサルが横取りしたと言って、ひどくカエサルを憎悪していたのである。だが、悪賢いカシウスは、そんな私恨など、表情にも見せない。ブルータスには、カエサルこそ自由の敵である、と説いたのである。

ブルータスのほうは、ひどくカエサルを尊敬はしてはいなかったにしろ、憎んではいなかった。彼は、私憤などでは動かない男だ。大義がなければ、動かない男なのだ。つまり、ブルータスは、支配そのものに憤慨し、カシウスは、支配者を憎悪したのである。そして、ブルータスにとっては、カシウスは必ずしも必要な男ではなかったが、カシウスにとっては、ブルータスは、絶対に必要な男だった。

なぜなら、ある小さなことで、ブルータスとは一時仲が悪くなっていたカシウスは、はじめからこの陰謀に、ブルータスをかつぎ出そうとしたのではない。カシウスが、友人たちをカエサル暗殺の陰謀に巻きこもうと計った時、友人たちは、ブルータスが指導者になるなら加わると言ったのだ。この計画が必要とするのは、暴力や勇気ではなく、ある人物が首唱することで、それが正義にもとづいた行為であることを、市民たちに立証することでなければならない。だから、それをできるほどの名声を持つ人物を、指導者に迎える必要がある。でなければ、計画に直接に参加する者にとっても、行動に際して勇気が欠けるし、行動の後にも疑念がわく怖れがある。高潔で非の打ちどころのない人物として、広く尊敬を受けているブルータスが加わるならば、計画を実行に移すに際して起るあらゆる不都合を、未然に防ぐことができる。これが、友人たちがカシウスに進言したところであり、カシウス自身も納得したところだった。

それで、カシウスはブルータスを訪れ、仲直りをした後、こう言った。

「三月の十五日に、カエサルの友人たちが、彼を王にするための演説をすると聴いたが、キミは、この日に元老院に出る決心があるのか」

ブルータスは、出席しないと答える。それに、カシウスは、

「われわれ全員が呼び出されたら、どうするつもりだ」

と迫った。ブルータスは、こう答えたという。

「わたしの任務は、もとより沈黙しないこと、祖国のために闘うこと、自由のために死ぬことだ」

興奮したカシウスは、さらに迫った。

「キミに先に死なれて、ローマ人の誰が我慢していられる。ブルータス、キミには自分自身がわからないのか。ローマ市民が、他の法務官《プラエトル》には贈物や催物や格闘の競技を要求しているが、キミには、独裁政への挑戦を要求しているのだ。キミが、その要望と期待に応《こた》える人物だとわかれば、彼らはキミのために喜んで死ぬつもりなのだ」

感動したブルータスは、カシウスを抱擁し接吻《せっぷん》した。そして、ブルータスが頭目と知った人々は、三月十五日に向って、団結したのである。

カエサル暗殺の経過については、あまりにも有名になったので、ここで改めてふれることもないであろう。ただ、これの成功後に、ブルータスは二つの誤りを犯した。アントニウスも一緒に殺そうと主張する人々に、われわれは殺人者ではない、と言って、それをさせなかったことである。また、カエサル追悼の演説をしたいと申し出たアントニウスに、それを許したことだ。カシウスは猛然と抗議したが、ブルータスの決心を変えることはできなかった。だが、この誤りは、戦略的には誤りかもしれないが、ブルータスを知る人から見れば、いかにもブルータスらしい。そして、ブルータスが、このように正義を重んじる人であったからこそ、あの陰謀は成功したのである。カシウスが頭目であったならば、いったい何人の有力なローマ市民が、加担したであろう。

しかし、ブルータスのブルータスらしいところが、彼の失脚を早めた原因であった。早めたと書くのは、わたしには、陰謀者の失脚は、アントニウスの扇動のあるなしにかかわらず、遅かれ早かれ起ったように思えるからである。アントニウスの演説の効果は、その前に行われたブルータスの説明に納得したローマの民衆の気分を、扇動的なその言辞で、変えさせた点にあるのではない。もともとローマ人がいだいていた気持を、再び彼らに思い出させただけなのだ。

死んだカエサルは、拡張する一方のローマに、共和政が不適当になりつつあるのに気づいていたにちがいない。そして、帝政だけが、そのローマを、ローマたらしめるにふさわしい政体であると知り、その方向にローマを持って行きつつあった。ローマの民衆は、そこまではわかっていなかったであろう。ただ、それまでの共和政が、袋小路に入ったままどうにもならない状態にあり、自分たちを巻き込む争乱の源がそれにあることは、感づいていたのである。そして、この革命を成し遂げられる人物は、カエサルをおいてはほかにいないことも、無意識ながら感じ取っていた。混迷の時代に大衆が欲するのは、その人の下で働いてみたい、と思わせる指導者像なのだから。

こうして、歓呼の声で迎えられると信じていた大衆から、罵声《ばせい》をもって追い出されたブルータスとその友人たちは、イタリアを去り、アジアに逃れるしかなかった。そして、アジアで軍隊を編成した彼らは、追ってくるアントニウスとオクタヴィアヌスの軍を、ギリシアの地で迎え撃つことにしたのである。

わたしが最後にブルータスに会ったのは、彼がギリシアに上陸した夜だった。ブルータスはこのわたしに、サルディスで見た幻影の話をした。ブルータスが、天幕の中で一人で、夜も更《ふ》けたのに考えごとにふけっていた時のことだそうである。誰かが入ってくる音を聴いたような気がしたので、入口のほうに眼をやると、そこに、人並はずれて大きな身体《からだ》をした異様な姿が立っていた。ブルータスは、勇気をふるってたずねた。

「誰だ！　人か神か。なんの用があって来たのか」

幻影は、こう答えた。

「おまえの悪霊《あくりょう》だ。フィリッピで会おう」

ブルータスは、この話をした後で、わたしにこう言った。

「あの亡霊は、カエサルではなかったかという気がしてならないのです」

わたしは、かつての弟子を、こう言って力づけるしかなかった。

「フィリッピを、戦場に選ぶと決めたわけではないのだから」

しかし、なぜか、両軍の会戦は、テッサロニケ地方のフィリッピの野で行われた。

敗《ま》けたブルータスは、カシウスの戦死を知った後、友人の一人に持たせた剣の上に身を投げて、死んだ。四十三歳だった。カエサル暗殺の、二年後のことである。遺骸《いがい》は、敵将アントニウスの命令で丁重に大葬に附され、遺骨は、母セルヴィーリアの許《もと》に送られた。妻のポルキアは、夫の死を知ってからは気が狂ったような日々を送っていたが、ある時、火の中から燃えている炭をすばやく取って飲みこみ、口を固く閉じたまま死んだそうである。

キリストの弟

今でも、わたしは、あの年の春に起った出来事を忘れない。わたしはまだ十歳の少年で、兄は十二歳になっていた。わたしたちが、両親に連れられて、過越《すぎこし》の祭りで賑《にぎ》わう、イェルサレムに行った時のことだった。

父のヨセフも母のマリアも、ユダヤ教の律法どおりに万事を行う人であったから、過越の祭りには、毎年イェルサレムに行き、神殿に詣《もう》でるのを習慣にしていた。それで、わたしたち兄弟も、毎年イェルサレムに行っていたわけだが、それまでは、ただ、両親が行くから従《つ》いて行くというだけだった。

だが、その年はちがった。兄のイエスが十二歳を迎えていたので、パレスティーナに住むユダヤ人の男子は、十二歳からは大祝日の時イェルサレムに上るのが律法の規定であるところから、兄もはじめて、イェルサレム詣での立派な資格を得たことになる。まだその年齢に達していない弟のわたしは、いつものように、ただのおまけにすぎなかったのだが。

ナザレの町のあるガリラヤ地方からサマリアを抜け、イェルサレムのあるユダヤまで南下する道は、荒れた険しい道がどこまでも続き、さえぎるものとてない春の陽光で、肌が汗ばむほどだったが、過越の祭りの前後は、イェルサレムに行く巡礼で、人が絶えることがない。その人々に混じって、母を乗せたろばを父が引き、その先になったり後になったりしながら、子供のわたしが従いていくのだった。兄は、なぜか一人で、わたしたちのずっと後を歩いていた。父のヨセフは、子供のわたしに言ったものだ。

「兄さんがはぐれないように、おまえが注意しておくれ。わたしは、ろばの足許《あしもと》に気をつけていなければならないから」

それで、弟なのにわたしが、遅れがちな兄のところに走って行って、その手を引っぱっては、両親に追いつかせるのだった。

祝日が終わって、イェルサレムの城壁を後にし、ナザレへ帰る道を、再び歩きはじめた日だった。しばらくぶりに家に帰れるのが嬉《うれ》しく、ついつい母を乗せたろばの先ばかり歩いていたわたしも、しばらく道を来た頃になって、ようやく、自分に課せられた任務を思い出したのだ。それで、後ろを振り返ったが、従いてきているはずの兄の姿が見えない。驚いたわたしは、すぐに両親にそれを伝えた。

父も母も、ひどく心配した。気の優しい母は、今にも泣きださんばかりだった。わたしたちは、すぐに引き返すことに決めた。もし兄が遅れているのだったら、同じ道を引き返せば、どこかで出合うはずだ。しかし、イェルサレムを後にする人々でごったがえしている道を引き返すのは、大変な苦労だった。引き返しながら、父は、出合う人々ごとに、こういう少年を見かけなかったか、とたずねたが、誰も首を横に振るばかりだった。

イェルサレムの街でも、ずいぶん探した。わたしの脚も棒のようだったが、街中とてろばで行くわけにもいかないところから、降りて歩いて探す母は、疲れきってものも言えないほどだった。

三日目に、もうどこを探してよいかわからず、絶望したわたしたちは、祝日も終わったこととて、学者たちだけしか残っていない神殿に行った。両親とも、もう神に祈るしかないと思ったのだろう。ところが、そこに、兄がいたのだ。学者たちの間に坐《すわ》り、その人たちと問答しているのだ。ユダヤ教の学者たちは、まだ少年でしかない兄の智恵《ちえ》と答えぶりに、感心したり不思議がったりしているようだった。

両親は、まずはほっと安堵《あんど》の胸をなでおろしたのだが、こんな場所に、こんなことをしている息子には驚き、母が言った。

「息子よ、なぜまたこんなところに。わたしたちは、ひどく心配して探しまわっていたのだよ」

それに、兄はこう答えた。

「なぜ、わたしを探したんですか。わたしが、わたしの父の家にいるはずだと知らなかったんですか」

父も母も、これには唖然《あぜん》として口もきけなかった。弟のわたしには、ごめんなさいの一言も言わない兄が、腹立たしく思えただけだったが。

それでも、わたしたちは、兄を神殿から連れ出し、ナザレへ帰ることができた。ナザレでもとどおりの日常を送るようになってからも、兄には特別に以前と変ったふうは見えなかったが、時折一人でもの想《おも》いにふけっている兄を見た時など、母のマリアのほうが、以前にはなかった心配そうな顔をするのだった。

だが、それからまもなく父のヨセフが死んだので、母親と少年二人のイェルサレム詣では、やはり危険も多く、そして一家の働き手を失った家では、そんな旅などできる金《かね》もない。わたしが十二歳に達しても、イェルサレムで、過越の祭りを祝うことはもうなくなった。

兄もわたしも、父の仕事であった大工を継いだ。律法で決められたとおりの時間働き、誠実な仕事ぶりを続けていれば、食べていくには困らない。もちろん、わが家の貧乏ぶりは父のいた頃と変りはなかったが、黒い喪服を脱ごうとしない母に、ひどい苦労をさせないでもよいほどの暮らしはできたのだ。

だが、兄の仕事ぶりは、賞《ほ》めたものではなかった。時々気分が散ってしまうのか、妙なところで、ずさんなできになってしまうのである。だから、弟のわたしが、兄にまかせた仕事でも、それが終わったところで一応の検分をし、その後でなければ、依頼主に渡せないのだった。でも、ずさんなできのところを見つけて、兄に文句を言いに行っても、結局きついことはなにも言えなかった。自分のまちがいを指摘された兄は、いつもきまって、申しわけないとでもいうような、しかし、ほんとうは少しも悪いとは思っていない、優しい微笑を口許に浮べるだけだからだ。

「困った兄さんだ」

と思っても、わたしも苦笑するしかなかったのである。

仕事をしていない時の兄は、仕事場の片すみで、本ばかり読んでいた。本といっても、わたしたちの家には、古いユダヤの預言書の、粗末な写本しかない。兄は、そればかり読んでいたから、全文を暗記するほどであったろう。それでも、わたしたち兄弟が二十代の後半に達するまでは、つつましい毎日ではあっても、平和な歳月が過ぎていった。

兄のイエスが、二十代も終りに近い年頃になった頃である。ある春の盛りの日、兄の姿が町から消えた。兄のいないのに気づいたのは、夕食の卓を囲む時刻になってからだった。いつまで待っても帰らない兄に、わたしは、母に頼まれなくても、仕事場に探しに行き、町中探しまわった。ナザレにある、イェルサレムのそれとは比べようもないほど質素な、会堂にも探しに行った。どこにも、兄の姿はなかった。そして、その次の日も、またその次の日も、兄は帰ってこなかった。母とわたしが、つい先頃、長い旅を終えて町に帰ってきた人から、ヨルダン河の近くで、兄のイエスを見たと知らされたのは、夏に入ってしばらく経《た》った頃である。その旅人は、また、こんなことも告げてくれた。

「ヨルダン河のほとりには、大勢の人が集まっていましてね。その人たちは、らくだの毛の衣をまとい、腰に皮おびをしめ、いなごと野蜜《のみつ》を食べて生きている聖者でヨハネと呼ばれる男に、川の水で、洗礼とやら言われることをしてもらっているのです。その中に、大工のヨセフの息子も混じっていたんですよ」

母マリアは、それ以来わたしに、兄を探すよう言わなくなった。そして、母が、あのことをわたしに打ちあけたのは、それから幾日も過ぎない、ある夜のことだったのである。

母がまだ、ヨセフと婚約中のことであったそうだ。ある夜、マリアは夢を見た。その夢の中にあらわれた二つの大きな翼《つばさ》を持った天使は、厳《いか》めしい声で言った。

「あなたに、神からの挨拶《あいさつ》をおくります。恩寵《おんちょう》に満ちたお方！ 主は、あなたとともにおられます」

まだごく若い娘であった母は、驚いて、心が騒ぐままに、つい身を固くした。天使は、さらに言葉を続ける。

「怖《おそ》れることはない、マリア！ あなたは主の恩寵を得たのです。あなたは、まもなく身ごもって子を産むであろう。その子を、イエスと名づけなさい。その子は成長して、偉大な方になり、いと高きものの子と言われる。また、主なる神によって、父ダヴィデの王座を与えられ、永遠にヤコブの家を治めることになるでしょう」

緊張に身を固くしたまま、それでもマリアはたずねた。

「わたくしは男を知らないのに、どうしてそのようなことになるのですか」

天使は、それに、こう答えたという。

「聖霊があなたに下り、いと高きものの力の影が、あなたをおおうのです。だから、生まれる御子《みこ》は聖なるお方で、神の子と言われます。

あなたの親族のエリザベートも、老女ながら身ごもったではないか。うまずめと言われた人なのに、もう六カ月の身重です。神には、できないことはなに一つありません」

乙女のマリアは、

「わたくしは主のはしためです。あなたの御言葉のとおりになりますように」

と、答えるしかなかった。気がついたら天使の姿は消え、寝床の上に半身を起していたという。

マリアは、年も若かったのに、この夢のことを、すぐには婚約者のヨセフに打ちあけず、山地のユダの町に向って急いで出発した。その町に着いた時、彼女の足は迷わずに、ザカリアの家に向っていた。ザカリアのエリザベートは、訪れたマリアを、心からの喜びと親愛の情でだきしめた。そして、長く子に恵まれなかった自分にも、神が子をさずけてくださり、生まれるその子は、ヨハネと名づけよ、とのお告げがあったことも伝えた。ユダを発《た》ちナザレへもどるマリアの心は、行きとはちがって、よほど安らかになっており、もうなにも考えず、ただ神の御心にだけ従おう、と決心したのだという。

ナザレの町にもどったマリアは、婚約者のヨセフに、すべてを打ちあけて話した。成熟の年に達していた大工ヨセフは、驚いたものの、マリアを疑ったり、非難したりはしないと決めたようだった。そして、期日もきて二人が結婚した後も、新妻にふれようとはしなかった。

その頃、ローマのアウグストゥス皇帝から、全ローマ帝国領内の人口調査を命じる詔勅が、ローマの支配下にあるパレスティーナにもとどいたのである。人々はみな、名を届けるために、それぞれの本籍のある故郷にもどらねばならなかった。ヨセフも、すでに懐妊も目立ちはじめた妻のマリアを連れて、ガリラヤのナザレの町から、ユダヤの町ベツレヘムへ旅立った。ところが、ベツレヘムにいる間に、マリアが産気づいたのである。旅館に部屋がなく、困り果てていたヨセフに、旅館の女中が、庭のすみの馬小屋に泊まってもよいと言ってくれた。マリアが産期満ちて、初子を産んだのはその中である。まぐさ桶《おけ》が、急造の寝床に変り、赤子はその中に、白布につつまれて眠っていた。羊飼いたちが、大勢で赤子を見にきたので、貧しい産室も、ひどく賑やかであった。羊飼いたちは、天使のお告げがあったと、口々にささやき合っていたという。

赤子の名は、天使が告げたように、イエスと名づけられた。父親のヨセフは、妻のするとおりにさせ、なにも言わないどころか、妻にも赤子にも、ひどく優しかった。どういうわけか彼にはわからなかったが、三人の貴人が馬小屋を訪れ、まぐさ桶に眠る赤子のイエスを拝んだ後、高価な贈物をしたのが、貧しい文盲のこのユダヤの大工の心を、不可思議な敬虔《けいけん》な感情で満たしたのかもしれない。だから、その後にヘロデ王が、赤子と見たら殺させているという噂《うわさ》が伝わった時も、他の赤子を持つ人々とともに、遠くエジプトまで逃げることまでしたのであろう。赤子をだいてろばにゆられていく母の腹には、すでにわたしがいた。わたしの父は、母が、その優しさと律義《りちぎ》さを深く愛しはじめていた、大工ヨセフだった。

母のマリアの話だと、エジプトからもどって以後はなにもかも平穏に過ぎたので、息子のイエスにかかわるそれまでの不思議なことを、すっかり忘れて暮らしていたという。イエスが十二歳になった年に起った、あのイェルサレムの神殿での出来事までは、母の心を不安におとしいれるようなことは、なにひとつ起らなかったからだった。幼い頃の兄は、他の子たちとまったく変らない様子だったのだそうだ。

それでも、イェルサレムの神殿での出来事の後も、イエスの様子は以前とは変ったものの、母親の心を引き裂くようなことは、まだ起らなかったのである。母マリアも、そんな息子が青年に成長していくのをそばで見ながら、息子の思うようにさせるしかないとあきらめる気持と、もしかしたらこのまま結婚でもしてくれて、平凡に生きてくれるかもしれないとの期待を、半々のまま持ちながら、生きてきたのだということだ。

それが、突然の兄の家出と洗礼の噂である。来るものが来た、と感じた母は、わたしに、すべてを話す気持になったのだろう。それ以後の母は、なぜか急に老いこんだ様子で、兄の噂を伝えてくれる人にも、喜びも悲しみもあらわにせず、ただ、静かなため息だけをつきながら、その話を聴くようになった。

兄のイエスの噂は、はじめのうちこそたまにしか伝わってこなかったが、しばらくすると、このナザレの町にも、いろいろな噂が伝えられるようになった。ヨルダン河で兄に洗礼を与えたヨハネ、彼があのエリザベートの息子だが、そのヨハネをキリストだと言う人が多かったが、その人々に、ヨハネ自らがこう語ったという。

「わたしは水でおまえたちに洗礼をさずけるが、わたしよりも力のある御方が、もうすぐあらわれる。その御方は、聖霊と火で、おまえたちに洗礼をさずけるだろう。わたしは、その御方のはきもののひもを解く値打ちもない者だ。キリスト、つまりメシアは、その御方なのだから」

人々は、ヨハネから救世主と呼ばれるその人が、いつユダヤの地にあらわれるのだろうかと、噂し合ったということである。

また、ヨルダン河で洗礼を受けた後のイエスが、荒野に入り、そこで四十日間にも及んだ断食《だんじき》をしているという噂も聴いた。骨と皮ばかりに変ったであろう兄を想像しただけで、わたしの胸さえ痛んだのだから、母ならば、どんな気持になったことか。

その頃から、ガリラヤのあちこちの町の会堂で、兄が説教してまわっているという噂が、伝わりはじめたのである。人々が感心して聴き入っている、と伝えてくれた人もいた。

そして、兄は、このナザレにも来たのだった。母とわたしがそれを知ったのも人伝《ひとづ》てで、その人は、兄のイエスが、町の会堂で説教していると教えてくれたのだ。母もわたしも、取るものもとりあえず、会堂に駆けつけた。

好奇心もあってか満員の会堂の中では、正面の祭壇に立って話している兄を、ようやく人がきの間から眺めることができただけだった。兄は、以前は着ているのを見たこともない白い長衣を着け、幾らか痩《や》せたのか、昔よりは背が高く見えた。わたしたちの周囲の人々が、

「あれは大工のヨセフの子ではないか」

と言い合うのが聴こえる。それでも、親切な人がいるとみえて、説教がひとくぎりしたのを見計って、壇上のイエスに、

「あなたの母と兄弟が、あなたに会いにここに来ていますよ」

と言ってくれた。周囲の人々も、人の群れに押しつぶされそうになっている母のマリアに気づき、母とわたしに道をあけてくれ、兄に近づけるようにしてくれた。だが、ほっと安堵《あんど》した母とわたしが、兄の許《もと》に歩みだそうとした時である。イエスの声が、まるで天上から降ってくる声のように聴こえたのだ。

「わたしの母とは誰のことか。わたしの兄弟とは誰のことか。わたしの母、わたしの兄弟とは、神の御言葉を聴いて、それを行う人すべてである」

母もわたしも、もうそれ以上、足をふみ出すことができなくなっていた。兄の言うとおりかもしれない。でも、それにしても、もう少し優しい対しようはなかったであろうか。あれほど、他人には愛を説く兄なのに。その夜、わたしははじめて、母のマリアの泣く声を聴いた。

このことがあって以後は、わたしたちの許に伝わってくる兄の噂は、ますます多く

なったようだった。

　絶望的な病いをなおしてやったとか、果ては死者もよみがえらせたとか、五つのパンと二匹の魚をたちまち多くの数にし、それで、男たちだけでも五千人はいた人々に食べさせてやったとか、イエスの行う奇跡の噂は絶えなかった。奇跡をひとつ行うたびに、信者の数は一段と増えるのだと、それを自分の眼で見たという人が、わたしに話してくれたことがある。その人の話によると、町から町へと、奇跡を行い説教をしてまわるイエスの後には、多くの、家を捨て親兄弟を捨てた人々が、つき従っていくのだという。その人々から、兄のイエスは、キリストと呼ばれているとのことだ。イエスの言葉を信ずる人々は、イエスこそ、メシアでありキリストであり、ローマ帝国の支配下にあるユダヤの民を救うために神からつかわされた、ユダヤ民族待望の救世主であると、言っているとのことだった。この人々は、イエスが教えたように、ユダヤのどの街に入っても、

「神の国が近づいた！」

　と言っては、イエスの教えを信ぜよと説くのだそうだ。このような人々が増えると、それに反感を持つ人も出てきて、イエスを、狂人、偽《にせ》預言者、神を冒瀆《ぼうとく》する者などと言って、非難する者も多いということだった。

しかし、人々の伝えるイエスの教えは、わたしにでもわかりやすく、別に不敬なことを言っているとは思えなかった。山の上に人を集めて行った時の教えというのも、それを自分の耳で聴いたという人の話からすると、ごく当り前のことを述べていて、わたしでも、それらは日々、あまり深く考えないにしても行っていることである。それでも、神の国は、一人一人の心の中にある、という言葉は、わたしの胸にも残った。ただ、あれほどぼんやりして、優しい微笑を浮べるだけだった兄が、どうしてこんな気のきいたことが言えるようになったのかと思ったとたん、わたしの口許には、ひとりでに微笑が浮んだものだが。

過越《すぎこし》の祭りが近づいた頃だった。いつものように仕事場にいたわたしのところに、母のマリアが、いつになくさし迫った様子で近づいてきて、こう言った。

「イエスが、大勢の人を従えて、イェルサレムへ向っていると知らせてくれた人がいるのだよ。あの子が、イェルサレムに近づいて、良いことがあったためしがない。わたしは心配でたまらないから行くつもりだが、おまえも一緒に行っておくれかね」

わたしは、兄が家を出て後は、残された母だけを守って生きていくつもりになっていた。その母が行きたいと言うのなら、わたしにはなにも言うことはない。母とわたしは、少しばかりの食物を持っただけで、母をろばに乗せ、その日のうちに家を後にした。

道を急いだので、わたしたちは、イェルサレムに、過越の祭りの二日前に着くことができた。

大祝日を迎えようとしていたその年のイェルサレムは、賑《にぎ》やかというより、騒然としていた。伝え聴いた話によると、ろばの背にまたがってイェルサレムに入城したイエスを、たくさんの人が、道に自らの上着を敷き、あるいは木の枝を切って敷いて迎えたのだそうである。イエスの先に立ち、または後ろから従うこれらの人々は、

「ダヴィデの子にホザンナ、祝されよ、主の御名によって来る者、天のいと高きところにホザンナ！」

と叫びながら、神殿に向ったイエスに従ったということである。

神殿に入ったイエスは、神殿内に店を開いていた物売りの売り場を壊し、両替屋の机を倒し、それを押さえようとした人々に、

「わたしの家は祈りの家だ。それを強盗の巣にするつもりか！」

と怒鳴ったという。これで、自分たちの信ずる律法のみが神のおきてと思っているユダヤ教のラビたちや、店を壊された商人たちの怒りを買うことになった。イェルサ

レムの街は、過越の祭りが近づくにつれて、イエスをキリストと信ずる人々と、正統なユダヤ教徒を裏切る者と思う人々とに、二分されてしまったのである。街のあちこちで、この両派の間で小ぜり合いが起り、心ある人々は、なにかが起らねばよいが、と言い合うのだった。

母とわたしがイェルサレムに着いてからも、兄のイエスは、神殿やその他の場所で、公然と説教を続けることをやめなかった。イエスの周りに集まり、彼の教えを聴く人の数は日増しに増え、もう、わたしたちが望んだとしても、兄に簡単に近づくのはむずかしいほどだった。だが、もし近づけたとしても、母は、それをしなかったであろう。母のマリアは、兄の事を心配してはいたけれど、もう二度と、肉親を捨てる者のみが真の信仰を得られる、という言葉が、直接に兄の口から発せられるのを、聴きたくなかったからだと思う。それで、わたしたちは、イェルサレムの街中の貧しい宿屋に旅装をといた後も、兄につき従う大勢の人々の後ろから、ただ従《つ》いていくことにしたのだった。

だから、早朝のゲッセマネの園で、兄が捕われたことは後で知った。捕われた兄が、大祭司カヤファの家に連れて行かれたと知った母とわたしは、急いで大祭司の家に駆けつけた。だが、そこもいっぱいの人で、庭の片すみに、ようやく入りこめただけだ

った。しかし、そこでも、兄の顔につばを吐きかけ、声荒く、

「おまえはキリストか、神の子か」

と問う律法学者たちの声や、それに静かに、

「そのとおりだ」

と答える兄の声を聴くことができた。そして、平手打ちの音も、ローマ総督ピラトのところに連行し、死刑に処させるべきだ、と言い合う声も聴こえたのである。母の苦悩は、見るも哀れなものだった。

ピラトの官邸では、庭にさえも入ることができなかったので、内部でなにが起ったのかは知らない。ただ、人々の叫ぶ、

「十字架につけよ！」

という言葉は、官邸の外にも聴こえてくるほどだった。そして、総督が退場した後では、兄の衣服をはいで赤いマントを着せ、いばらの冠を頭にかぶせ、柱にしばりつけて鞭打《むちう》ち、ユダヤの王よ、と言っては笑い合ったということである。わたしは、この話を、母には知らせなかった。

兄が二人の強盗とともに、ゴルゴタと呼ばれる丘の上で十字架につけられるという噂は、その夜のうちにイェルサレム中に広まった。わたしは、せめて母だけは宿屋に

残るよう推《すす》めたのだが、いつもは優しい母なのに、その日にかぎって、がんとして聴き容《い》れない。やむをえず、わたしは、十字架を背負った兄が刑場に引かれていく道に、母を連れていくしかなかった。

道の両側は、好奇心に駆られた人々とイエスを信ずる人でいっぱいで、わたしたちは、曲がり角の柱の影に、ようやくの思いで立つすき間を見つけることができた。まもなく、近づいてくるのが見えた兄は、恐ろしいほどやつれた様子で、裸体には鞭打ちでできた傷が赤い川のように残り、頭にかぶせられたいばらの冠のとげが、ひたいを刺すたびに流れ出る血が汗と混じって、男であるわたしの胸まで、キリで刺されたような鋭い痛みを与えた。そばの母は、眼前を重い十字架を背負って苦し気に通り過ぎる息子の姿を眼で追いながら、声もなく泣いているだけだった。

ゴルゴタの丘は、兵士たちにはばまれて、人々は遠巻きにして見まもることができるだけだった。それでも、群衆の一番前には、イエスに従ってきた女たち、マグダラのマリアやその他の女たちが陣取っていて、兵士の制止ものともせず、大声で祈ったり泣いたりしていた。それなのに、わが腹にイエスを育《はぐく》んだ母のマリアは、群衆の後ろに坐《すわ》り、ただ、静かに泣くだけだった。兄は、数刻後に死んだ。

「わが父よ、わが父よ、なぜにわたしを見捨てられる!」

と叫んで。

その日のうちにわたしは、悲しみに打ちひしがれ、一言も話そうとしない母をろばに乗せて、イェルサレムを後にした。それから一年も経ない頃、母のマリアは、まるで油のきれた灯火が少しずつ消えていくように、静かに息を引きとったのである。わたしたちの許にも、三日後に復活したイエスが弟子たちの前に姿をあらわしたという話は伝わっていたが、母は、それには少しも心を動かされたようには見えなかった。

死んだ母は、天国へ行ったであろう。そこで、兄にも出会ったにちがいない。そして、天国での兄は、もっと優しく母を迎えてくれたであろうか。

ネロ皇帝の双子の兄

歴史家たちは、結局、誰一人わからなかったのだ。あのネロ皇帝に、双子の兄にあたる、このおれという男がいたことを。

おれとネロは、西暦三七年の十二月十五日に生まれた。第二代皇帝ティベリウスが死んだ、数カ月後だった。父はドミティウス、初代皇帝アウグストゥスの姉の孫にあたる。母は、アグリッピーナだ。ティベリウス帝の弟の息子の一人、勇将で知られたゲルマニクスの娘で、母親もアグリッピーナという名であったところから、小アグリッピーナと普通呼ばれている。われわれが生まれた頃は、これもゲルマニクスの息子カリグラがティベリウス帝の後を継いで第三代の皇帝になっていたから、おれとネロは、現皇帝の甥《おい》として、この世への出発をしたわけだった。

唯《ただ》一人、当の母アグリッピーナさえ、双子が生まれるとは思っていなかった。ひどい難産の後、まだ一人中にいるというので、産婆《さんば》など腰を抜かさんばかりに驚いたということだ。そのおかげで、産婆は、このおれを取りあげた後、不注意にも床に落としてしまった。その時の痛みは、なんとなく覚えがあるような気がする。こん畜生！と叫んだのも、生まれたばかりの幼児なのにまさかと思うだろうが、おれには真実であったと思えてならない。まあ、こんなわけで、このおれは、人生の第一歩を、怒りながらはじめたというわけだ。

双生児の誕生を、親父《おやじ》のドミティウスは、大笑いして迎えただけだったが、母のアグリッピーナは、こんなこと世間体が悪いと文句たらたらだった。もともと見栄《みえ》っぱりな女であるうえに、今や皇帝の実妹というので、ローマの社交界の花形のつもりでいるから、双子の母ではかっこう悪いというのである。それで、奴隷《どれい》であった産婆を自由の身にしてやり、充分な年金を与え、土地つきの家もやるという条件で、双子の一人を養育させることを、夫にも承知させてしまった。これで、双子誕生の秘密は、当の父親と母親と産婆の三人の間だけで保たれることになったわけだ。

家を出ることになった双子の一人は、誰であったかというと、兄貴分であるはずのこのおれよ。生まれた時に床に落ちたのが、ローマ帝国の皇帝になるかもしれない身としては運が悪いというのと、泣き声がやかましすぎるというのが、母親アグリッピーナの主張した理由だった。ネロは、乳を飲む時以外は、いつもすやすやと眠っているだけの、おとなしい赤子だったのさ。こうして、生まれてすぐのおれは、ローマとナポリの間に広がるカンパーニャの野で、羊を追っかけたり、近所の百姓の子らのガキ大将になったりして育ったというわけだ。

父親のドミティウスのほうは、それでも、時折はこのおれを心配してくれたらしい。産婆の許《もと》にはよく、なにやかやと贈物を持った召使が、季節の変り目ごとに訪ねてきたという。だが、この父親も、おれが三歳になった年に死んだ。

母のアグリッピーナは、まだ二十五歳の若さ。四年後に再婚する。相手の男は、結婚している間中、おれのことは知らないままであったようだ。死んだ時に、ネロには遺産を残したのに、このおれにはなにもくれなかったのだからね。

母親の再婚でやっかい者になったネロは、伯母のレピーダの許にあずけられた。レピーダの家とおれの育った産婆の家が近かったので、あの当時は、よく一緒に遊んだものだ。一見して育ちの良いおとなしいネロは、遊び相手としては少しも面白くなかったが、産婆から秘《ひそ》かにすべてを告げられていたおれは、わざと一緒に遊んで、この双子の弟を観察したかったこともある。そして、おれたち二人が十歳になった年、樹《こ》陰《かげ》で涼しい泉のほとりに連れて行き、なにもかもぶちまけてやったのさ。

あいつは、真青になったよ。優しい息子でもあったネロは、そのことを誰にも話さず、母親にも気づかれないように振舞ったそうだが、それ以来、ネロは、おれの言うことなら、なんでも聴き容《い》れるようになったのだ。

ローマでは、カリグラ帝が死んだ後を、叔父のクラウディウスが皇帝位を継いでいた。おれの母親アグリッピーナにも、叔父にあたる。アグリッピーナも二度目の夫を亡《な》くして、またも未亡人になっていた。おかげで、ネロも、ローマの母親の許で、再び暮らすことになる。

だが、アグリッピーナという女は、結婚するたびに未亡人になったけれど、また、次に再婚するたびに、前の男よりは上の男と結婚するという、運の強い女だったようだ。美しく勝気で、魅力もあったのだろうが、やはり生まれが良かったからだろう。

クラウディウス帝は、妻の尻《しり》に敷かれっぱなしの男として評判が悪かったが、実際は、なかなか有能な皇帝だった。「神君」という尊称を与えられたのは、ユリウス・カエサル、初代皇帝アウグストゥスの他には、第四代の皇帝クラウディウスがいるだけだ。官僚制度を完備し、街道を整備し、属州統治にもぬかりはなかったし、軍征にもなかなかの功績をあげている。ただ、子供の頃から劣等感が強くて、影のような存在でいる時期が長かったから、派手なことをやるのが苦手だというのは事実だった。

それに、女にわいわいまくしたてられると、うるさくなって、ついつい彼女たちの言い分を通してしまうという、女に対しての気の弱いところは、やっぱりあったね。それで、派手で淫蕩《いんとう》な女として有名だった皇后メッサリーナに、よいように操縦されたと、世間では思っていた。利口だと思っている女はたいがい馬鹿《ばか》だから、重要でもないことにはわいわい口出ししたがるけれど、重要な事柄には無関心なので、クラウディウス帝は、その辺を充分に承知していて、意外と上手《うま》く帝国統治の大任を果していたのだが、世間も、所詮《しょせん》は女と同じ。そのあたりのコツを、理解できなかったというわけさ。

さて、クラウディウス帝がやもめになった。メッサリーナが死んだのだ。変な女にひっかかってその言いなりになったりされたら帝国の損失だと、元老院なども、皇帝に早く再婚してもらおうと画策する。メッサリーナとの間に生まれたブリタニクスという男子がすでにいて、後継者の問題はなかったのだが、なにぶん、クラウディウス帝は、女に関してはまったく信用が薄かったのだ。

ローマの上流階級の女たちは、もうそれこそ、大運動を開始したね。空席の皇后の位を狙《ねら》ってさ。もちろん、野心満々のわが母親アグリッピーナも、再婚の相手を失って未亡人になっていたのをこれ幸いと、叔父であるのに皇帝に、ありとあらゆる策を弄《ろう》して近づいたのだ。なにしろアグリッピーナは、自分の生まれと美貌《びぼう》にひどく自信を持っていた。それなのに、皇帝の妹にも姪《めい》にもなったが、皇后にはまだ、なったことがないのが我慢ならなかったのだ。それにもう、三十三歳。ローマ大帝国のファースト・レディになるには、この機を逸してはないと思っていたのだろう。

だが、生まれも品格も誰にも劣らないアグリッピーナも、クラウディウス帝にとっては、実の姪にあたる。やはり叔父と姪の結婚を認めるのには、ちゅうちょする者が多かったのだ。それを、アグリッピーナは、自分の血統の尊さを強調することで、ライヴァルたちの影を薄くするのに成功する。また、クラウディウス帝に対しては、持前の魅力と執拗《しつよう》な説得で、ついに皇帝の気を引くことに成功した。

パラティウムの丘の上に建つ皇居に、アグリッピーナは、息子のネロを連れて移った。しかも、連れ子のネロを、皇帝クラウディウスの養子にすることにも成功したのだ。皇居には、ネロには三歳年下になるブリタニクスと、他にオクターヴィアという、二人のクラウディウスの実子がすでにいた。実際に結婚したのは、それから五年後の、オクターヴィアとの婚約という条件があった。連れ子のネロを皇子にするには、ネロが十六歳になった年だったがね。

皇子になってからのネロとも、おれはしばしば会ったよ。いや、おれが秘かに呼び出すたびに、夜中、ネロは、パラティウムの丘を降りたところにある大競技場まで来て、そこの観客席の下で、おれと会っていたのだ。あいかわらずおとなしい若者だったが、皇子になったのもそれほど嬉《うれ》しい様子もなく、婚約の相手であるオクターヴィアが、気位ばかり高くて、どうしても好きになれないなどと、言っていたのを覚えている。

おれたち二人は、秘かに会うしかなかったのだ。二人ともまったく生き写しというくらい似ていて、お互いに、ちりちりのあまり量の多くない赤ちゃけた金髪に、濁った青色の眼、肌には一面のそばかすが浮いていて、背丈も並の高さなのに、若い頃から肥《ふと》り気味の体質であるのも同じだ。おれとネロの二人を一目で見分けるのは、誰にもできなかったろう。母親のアグリッピーナでさえ、おれたち二人を並べでもしないかぎり、見分けがつかなかったにちがいない。

おれたち二人が十七歳に達した年、クラウディウス帝が死んだ。世間では、野心に燃える皇后が毒殺したのだという評判がもっぱらで、歴史家のタキトゥスもスウェトニウスも、そう書いている。だが、あれは、このおれが中心になってやったことさ。二年ほど前から、ネロの手引きで、おれは母のアグリッピーナと時々会うようになっていた。母親は、幼い頃に捨てたも同然のこのおれに対して、毛ほどの哀れみも愛情も感じていないらしかったが、おれと会うのを拒絶するというわけでもなかった。母親と会うたびに、おれは彼女を、少しずつ不安におとし入れ、大事決行に踏みきるようそそのかしたのだ。

クラウディウス帝が、ローマのある貴族の女に魅《ひ》かれていて、叔父と姪との結婚という不自然な関係を解消し、その女を皇后にし、アグリッピーナとネロの親子とは離縁しようと考えているらしい、と吹きこんだのさ。アグリッピーナは、もともと叔父姪の結婚を不安に感じていたうえに、おれが名指したローマの貴族の女には、彼女の生まれと美しさから敵愾心《てきがいしん》をいだいていたので、簡単に信じこんでしまった。そして、アグリッピーナの不安と怖《おそ》れが最高潮に達した頃を見計って、おれは、カンパーニャの野に住むユダヤ女に調合させた毒の入った小びんを、そっと皇后の手の内にすべりこませたというわけだ。クラウディウス帝の好物の、きのこ料理に混ぜればわからないと言って。

毒殺は、まったくおれの思いどおりに成功した。食卓ですぐに効き目があらわれたわけではないので、食あたりした皇帝が寝所に入った後、しばらくして死んだというように見えたのだ。おれの双子の弟ネロは、これで、大ローマ帝国の皇帝になった。皇帝に即位した当初のネロは、大変に評判の良い皇帝だったよ。元老院での就任の演説で、自分の治世は、寛容と忍耐の精神で特色づけられることになろう、と宣言し、十七歳という若さで皇帝を務める自分を、元老院もローマ市民も助けてくれるよう願う、などとも言ったから、ローマ貴族も平民も、拍手喝采《かっさい》したというわけさ。実際、即位直後に起った東方の属州の反乱にも、適切に対処したし、軍団の再編成も属州の統治も決断良く裁いたので、先帝の死に疑いを隠せなかった人々も、新帝を見直しはじめていた。このおれ自身も、詩歌と音楽だけにしか能がないと思っていたネロが、そうでもなさそうなので、ちょっと驚いたことは事実だね。

おれの次の目標は、先帝クラウディウスの実子、ブリタニクスを消すことだった。この少年は、利発であるだけでなく、皇帝の実子でありながら皇位継承からはずされたことで、ローマ市民の同情と人気を一身に受けていたからだ。ネロの皇位を確かなものにするには、ブリタニクスの存在は危険だった。災いは、芽のうちにつみ取らねばならない。

今度も、毒を使った。ただ、ブリタニクスは、父クラウディウスのように酒を飲んでいなかったので、毒の効き目も早く、食卓についている間に、すでに全身のけいれんが来た。それで、今度も共謀者であった皇太后アグリッピーナが、またいつものてんかんの発作が起った、と言って、その場を取りつくろったのだ。成年式を迎える直前の死だったので、皇子の葬式といっても、簡単に済ますことができる。火葬も、あれこれと邪魔が入らないうちにと、早々にやってしまった。

ネロは、ひどい打撃を受けたようだ。弟がいなかった彼は、ブリタニクスを、ほんとうの弟のように愛していたからだ。ネロの亡き弟に捧《ささ》げる弔詞は、おれのように事情を知る者から見れば真情を吐露したものだったが、ブリタニクスの人気に嫉妬《しっと》したネロが殺させたと思う民衆は、なんて図々しい嘘《うそ》つきだろうと噂《うわさ》した。

ブリタニクスが死んで、まもなくであったと思う。ネロが恋したのだ。気位ばかり高いオクターヴィアとの結婚生活は、当初からうまく行っていなかったのだが、弟の死が、オクターヴィアを、以前よりは一段と猛々《たけだけ》しい女に変えてしまい、ネロと寝所をともにするのさえ、公然と拒否するようになっていた。ブリタニクスの死で打撃を受けていたうえに、皇帝になれたのは自分のおかげだと言いつのる高慢な母に毎日のように苦しまされ、このおれという存在の重さにも耐えかねたネロが、ひとときの安らぎを、妻の召使のアクテに求めたのだろう。アクテは、アジア生まれの女で、解放奴隷だった。しかも、その頃首都にも浸透しはじめていた、東方生まれの新しい宗教であるキリスト教とかに、魂を奪われた女でもあるらしかった。

ネロは、オクターヴィアを離別して、アクテと正式に結婚したいと言いだした。はじめて心から女を愛し、はじめて愛されたと語るネロに、おれは、まかせろ、と答えたものだ。おれには、目算があったのだ。それを確実にするためには、オクターヴィアに皇后でいられては、都合の悪いことになる危険があった。

その頃から、おれは、白昼堂々と皇居に出入りするようになっていた。もちろん、皇帝の双子の兄としてではない。おれとネロが生き写しであるのを利用して、たびたび、入れ代わったのさ。大競技場で四頭立ての戦車を駆り、優勝したのは、ネロではなくてこのおれだ。ネロは、馬に乗るのもいやがる性質だったが、おれのほうは、カンパーニャの野での育ちがものを言って、馬を御させたら、ローマの名家の息子たちなど、寄せつけない自信があったのだ。民衆は、武技でも優れた皇帝に、大いに満足したものだ。

ネロも、この入れ代わりを、いやがるどころか気に入っていた。おれが皇帝をやっている間、秘かにつくらせた、おれとネロと母とアクテしか知らない一画にひそみ、そこで、政務も気にすることなしに、アクテと一緒にいられたからだ。信心深いアクテは、時にはネロを、ローマの城壁の外にある地下の墓所、カタコンベに連れて行って、そこで行われる、キリスト教徒たちの礼拝まで見せていたらしい。おれのほうは、ネロが皇帝を務めている間なにをしていたかというと、ローマの市中を、変装して遊びまわっていたのさ。ポッペア・サビーナという名の、二度も夫を代え、とかくの評判のある女と出会ったのも、その頃のことだった。

ポッペアは、情事にはまったく自由で、美しく高慢な女だったが、おれが皇帝であるのをすぐに見抜き、自分を高く売りつける決心をしたらしい。このおれだけには、ヴェールさえ取ろうとしないのだ。それでいて他の男たちには、簡単に身をまかせる。おれは、はじめて、女を自分一人のものにしたい欲望に、日夜さいなまれることになった。ポッペアは、おれと会うたびに、皇后にしてくれた後なら、とささやくのだ。おれは、どうやったらこの女をものにできるかばかり考えた。

最大の障害は、皇太后のアグリッピーナだった。ただでさえこの頃は、おれの影響力が強くなったのに不安を持ち、容易に御せるネロとちがって、おれの皇帝としての出場が多くなったのを心配していた母は、皇后におれの好む女がなることなど、絶対に賛成するはずがなかった。それに、一度だって母親と感じたことのない女を消すことなど、このおれにとっては、たいした重大事でもなかったのさ。皇帝ネロにそむくように、首都警備の軍隊を扇動した、という罪がでっちあげられた。また、暗殺者を息子のところに送ったことがある、という噂も広まらせた。

今度の殺しには、剣を使った。息子の命を狙った皇太后に、皇帝ネロは逮捕を命じ、皇太后がそれに逆ったので、やむなく殺したという状態を、あらかじめ計画していたからだ。アグリッピーナは、おれの密命をおびて彼女を訪れた二人の百人隊長に抵抗したが、棒の一撃であきらめたらしい。止《とど》めを刺そうと百人隊長が剣を抜くと、アグリッピーナは下腹を出して、

「ここを突け、さあ、ここから皇帝が生まれたのだから」

と叫び、多くの傷を受けて息絶えた。

ネロの受けた打撃はひどかった。真夜中に、ある時は一言も発せず呆然《ぼうぜん》とすごし、しばしば恐怖に駆られてとび起き、錯乱状態のまま、まるで最期《さいご》が訪れるのを待つかのように、夜の明けるのを待つという始末だった。献身的なアクテがそばにいなかったら、気狂いになっていたにちがいない。そのネロを、ローマ市民たちは、罪をやりとげて、はじめて犯した罪の大きさを知ったのだ、と噂し合った。

このようなネロに、アクテとより多く一緒にいられるようになるという理由で、オクターヴィアとの離婚を承知させるのは簡単だった。それに皇后は、ネロに会うたびに、

「父殺し、弟殺し、母殺し」

と叫ぶのだ。ネロは、このオクターヴィアを離別した後に再婚することになるのが、

アクテではなく、ポッペアであることも知っていた。だが、馬鹿ではないネロは、解放奴隷《どれい》を皇后にすえることなど不可能事であるのはわかっている。また、皇后などもう誰でもかまわない、オクターヴィアと顔を合わせないで済めばそれで充分だ、とも思っていたのだろう。オクターヴィアは、離別されただけでなく、パンテレリア島に追放された。

だが、離婚にも追放にも賛成だったネロだが、殺すとまでは考えていなかった。殺害の命令を出したのは、このおれだ。いつだったか、言い寄ったおれを、オクターヴィアはまるで豚でも追い払うようにあつかったのが、忘れられなかったままでよ。それなら、彼女も、豚を殺すように殺してやろうと思ったのだ。

まだ二十二歳の若さだったオクターヴィアは、島に上陸した兵士たちによって縛りあげられ、まず、四肢の血管がすべて切り開かれた。だが、恐怖のために血管がしめつけられていたのか、血はとぼとぼとしたたるだけで、死に至るまでには時間がかかってしかたがない。それで、浴場の発汗室の熱気にあてて、血管が開くようにした。先帝の娘、現皇帝の先妻は、こうして、出血と熱気によるちっ息で死んだのだ。斬《き》られた彼女の首はローマに運ばれ、それを見せられたネロは気絶した。

腕の動脈を切って死ぬのは、ローマの貴族の死に方だが、自殺でも皇帝の命による死刑でも、高位の者にはこの死に方が許される。ネロの少年時代からの家庭教師で、当代一流の哲学者であったセネカも、これで始末がついた。ネロには、自分の作った詩を公けの舞台で吟ずるのが好きという癖があったが、これを、側近づらしたセネカが、皇帝なのだから少しつつしめ、などと余計なことを進言したのだ。おれにとっては、ネロが詩でも吟じてくれているほうが都合が良いので、セネカの存在がうるさくなってきたのだった。それで、気の毒にも、まじめなわが弟ネロは、父殺し、母殺し、弟殺し、妻殺しに加えて、師殺しの汚名まで背負うことになってしまったわけさ。

しかし、皇帝ネロの名を後世にまで有名にしたのは、やはりなんと言ったって、ネロ皇帝治世十年目に起ったローマの大火と、それに続いたキリスト教徒の大虐殺《だいぎゃくさつ》だろう。だが、あれも、このおれが策《はか》ってやったことなのだ。

もう殺す者もいなくなって退屈していたおれは、帝国の首都ローマに火を放つことを思い立った。その頃のローマは、幅の狭い道があちこちと曲りくねり、家並も不規則で、世界の首都としては、恥ずかしい都だったのだ。それで、これを焼き払った後に、都市計画にそった街づくりをして、ローマを世界の首都にふさわしい都に、一変させてやろうと考えた。

秘《ひそ》かに火を放ったのは、大競技場とパラティウムの丘にカエリウス丘が接する地点だった。そこには燃えやすい商品を陳列した店ばかり並んでいたし、附近には、石塀をめぐらせた大邸宅や外壁に囲まれた神殿などの、延焼を遅らせるような障害物がまったくなかったからだ。あんのじょう、おりからの強風にあおられた炎は、たちまちこの一帯をなめつくし、低地を全焼した後も火勢は衰えず、パラティウム丘の皇居まで灰燼《かいじん》に帰してしまった。それでも火の勢いは増すばかり。六日の間、ローマは燃え続けたのだ。十四区に分れていたローマで、完全に残ったのは四区にすぎず、三区は焼け野原と化し、残りの七区は、倒れたり半壊したりした家の残骸《ざんがい》が、姿をとどめるだけだった。焼死した者、逃げまどい民家の下敷きになって死んだ者、傷ついた者などの数は、よほど後になっても確かな数字はわからなかった。それまでにローマを襲った火災のうちでも、最も被害の大きい大火と言われる。

火の手があがった日、ネロはアクティウムに滞在中だったが、急ぎローマにもどって、災害対策に取りかかった。行くところもなくなった罹災者《りさいしゃ》には、マルス公園やアグリッパ記念建造物や皇帝専用の庭園まで開放し、そこに応急の小屋を数多く建てさせ、彼らを収容し、無一文になったこの人々に、食事と寝具を無料で給付させた。また、オスティア近郊から食糧を運ばせ、家を失わずにすんだ者にさえ、半値の売り値で売るよう決めた。

とはいえ、ネロは、燃えさかるローマを眺めながら、詩を吟じたよ。だが、あれは、ローマへの哀歌なのだ。やるべきことはちゃんとやっておいて、ちょっとばかり詩を吟じたというだけさ。それなのに、ローマの民衆は、ネロが、詩を吟じたいがために火をつけさせたのだと信じこんだのだ。

ネロは、火のおさまった後のローマの復興にも熱心だった。家も、家並を規則正しく決められたとおりに建てねばならなかったし、道幅も広げられ、建物の高さも、六十歩に制限された。共同住宅には、中庭と柱廊をつくるのも義務づけられた。また、援助金制度によって、人々が木材よりも石材を使って家を建てるよう奨励もしたし、建物の所有者には、消火用器具を備えることも義務づけられた。

それでも民衆の怒りはおさまりそうもなかったので、彼らの怒りを皇帝からそらすものが必要だった。そうしないと、民衆によって、ネロが殺されかねなかったからだ。誰か別の男に皇帝になられては、おれにも都合が悪いので、おれも、熱心に犠牲を探したよ。

キリスト教徒にしようと決めるまでには、たいして苦労もしなかった。彼らは、陰《いん》鬱《うつ》な宗教を熱心に信じていて、以前から人々の憎しみと軽蔑《けいべつ》を買っていたからだ。キリスト教徒の大量な処刑は、競技場で野獣に喰わせたり、十字の形をした柱に縛りつけ、それを夜に焼かせたりしたが、この方法を考えたのもおれだった。ネロは、殺すことはやむをえないと認めたが、種々の殺し方を考えつくには、人間が優しくできすぎていた。そして、キリスト教徒の処刑を見せ物化したのは、民衆の怒りをそらすだけでなく、それを忘れさせるにも役立ったのだ。

この四年後に、ネロ皇帝は死んだということになっている。だが、軍団の決起に追いつめられ、変装してローマを逃れたが従う兵もなく、ついに剣をのどに突き刺して死んだのは、ネロではなくて、このおれだ。もうやりたいことはみなやってしまったから、皇帝として死んでやったのだ。三十年の人生だった。ネロはどうしたって？　ネロは逃れたよ。アクテの手引きで、隠れクリスチャンの群れにもぐりこみ、その中で、詩をつくるのだけが少し風変りだけれど、あとは他とまったくちがいのない庶民の一人として、生きのびたのだ。おれの墓に、誰が持ってくるのか知らないが花が絶えたことがないと、人々は不思議がったが、あれは、ネロとアクテが供えた花だったのさ。

歴史家たちは、スウェトニウス著の『十二皇帝列伝』の中の、ネロについて書かれた章の最後の数行に、少しも注意を払わないから真実が見えないのだ。スウェトニウスは、こう書いている。

「ちょうど著者の少年時代の頃であったが、ネロの死後二十年して、遠くパルティアの地に、貧しい身なりの五十年配の男があらわれ、自分こそがネロ皇帝である、と名のった事件があった。

ネロ皇帝の死の直後に、新皇帝ガルバに、亡《な》き皇帝ネロを記念する行事を行う許可を願ったほどのパルティア人だから、この男の出現にはひどく喜び、男を、まるで皇帝のように丁重にもてなした。それで、その男を引き渡すよう要求したローマからの命令に従わざるをえなくなった時には、大きな悲しみと苦痛に耐えねばならなかったのである」

なんでまたネロは、二十年も経た後で、皇帝だと名のりたくなったのだろう。ひっそりと暮らしていればよいものを。ローマ兵に引き渡され、殺されることがわかっていながら、なぜまた、のこのこと名のり出たのだろう。最愛のアクテも死んで、なにもやる気力がなくなり、皇帝として死にたくでもなったのだろうか。だが、これで、はじめてネロは、二人とも死んだのさ。

饗宴《きようえん》・地獄篇　第一夜

ある秋の夕べ、ここ地獄ではしばしば催される宴《うたげ》が、その夜も盛大に開かれていた。ただ、その夜の宴がいつものそれとちがっていたのは、出席者たちが、今夜ばかりは女だけであったことである。

エジプトの女王クレオパトラに、

ビザンチン帝国の皇后テオドラ、

トロイのヘレンと言えば誰もが知っている、スパルタの王妃ヘレナ、

世界史上で悪妻の番附けを作るとすれば、必ずや東の横綱になるにちがいない、ソクラテス夫人のクサンチッペ、

それに、フランス革命の花、いや、花と散ったと言うべきかもしれない、かのマリー・アントワネット、

そして、地獄新入りの江青《こうせい》女史を加えた六人が、その夜のお客たちだった。

これほどの有名人を招いた夜会だから、主人役は、もちろん、悪魔大王ベルファゴール。しかし、彼は、席には姿を見せていない。準備万端整えた後で、姿を消してしまったようだ。女たちだけで心ゆくまで愉《たの》しんでもらおうという思い遣《や》りか、それとも、あまりにも意気盛んな顔ぶれなので、同席するのが怖《おそろ》しくなったのかもしれない。というわけで、その夜の饗宴・地獄篇は、女たちだけの水入らずの夜会となったのである。

その夜は、涼やかな微風が心地良く肌を愛撫《あいぶ》する、夜会には最適な夜だった。地獄が責め苦の世界であるというのは、真赤な嘘《うそ》なのである。渦巻く火炎もないし、針の山もどこにも見られない。現世と同じような四季の区別がちゃんとあって、好きな場所に好きなように住まいを建てることも許されているし、それどころか、衣食住にかかる費用まで、全額地獄政府持ちなのだ。

また、地獄に送られてきた顔ぶれが面白かった。だから、女たちにしてみれば、交《つ》き合う男たちにも恵まれていて、天国の住人のように、立派かもしれないが面白くもおかしくもない、まじめ人間の集団ではない。それに、天国は、住む人間だけが退屈なのではなく、一年中気候温暖でも四季の区別がないから、その点でも、一週間もいれば、頭がボケてしまいそうな思いになるのだった。

でも、現世では、あいもかわらず、地獄の怖しさを宣伝し続けているようである。それはおそらく、地獄がこうも愉しくて住み心地の良い世界だということが知れわたると、それまでは怖しいところだと思って、そんな世界に送られたのではたまらないと、行いを正しくしようと努めている善男善女が、それから解放されたあげく、好き勝手な行動をするようになっては困ると、世のウルサ方が考えての結果であろう。おかげで、地獄の住人たちは、現世のわれわれに知られることなく、彼や彼女たちが現世で味わってきたと同様の生活を愉しんでいるのだった。それどころか、現世にいた頃は会うことなど不可能であった人々にも会えるのだから、かえって、愉しさでは現世以上であったかもしれない。なにしろ、地獄には、天国に送られるタイプの退屈きわまりない人間以外は誰でもいるのだ。パーティを連日開いたとしても、人選に頭を悩ませる必要もないのだった。

とはいえ、この愉しい地獄の生活にも、欠点がないわけではない。それは、あまりに平和で恵まれていて、現世にいた頃は日常茶飯事だった、真剣勝負の刺激に欠けるからである。とくに、現世では男たちを向うにまわして、政争の波にもまれ続け、それがためにかえって充実した人生を送った感じのクレオパトラや皇后テオドラのような人は、時折、退屈に身をもてあましている風だった。それだから、今夜のような夜会も、よくもこれほどと思うほど、しばしば開かれていたのである。

エジプトの女王クレオパトラは、地獄でも、女王の品位と威厳を維持するのに熱心で、地獄では最も見晴らしの良い丘の上に、華麗な宮殿を建てさせて、そこに、多勢の召使にかしずかれて住んでいる。女王に仕える奴隷《どれい》たちの中には、天国に送られる資格充分な者が多かったが、天国と地獄を分けたのはキリスト教だから、それが普及する以前に現世で生を送った者は皆地獄行きなので、これら古代世界の善男善女たちも、地獄まで女王に従《つ》いてきたというわけである。だが、想像した以上に過ごしやすいので、誰一人、煉獄《れんごく》での試練を経た後に許される、天国行きを希望した者はいない。

現世でクレオパトラの愛人であった多くの男たちも、皆地獄の住人になっているのだが、やはり、その中でも、マルクス・アントニウスはいまだに彼女に惚《ほ》れこんでいて、クレオパトラに始終同居を申しこんでいるのだけど、彼女が良い答えを与えないのである。それでも、クレオパトラも女なのだから、愛される喜びは捨てきれないらしく、別居結婚ならば、と承知したのだった。それで、アントニウスは、クレオパトラの住まいのある丘の中腹に、ローマ風の宮殿でなく、エジプト式の屋敷を建てて住んでいる。もちろん、クレオパトラから声がかかれば、なにをさておいても駆けつけるのは、彼のほうである。

これほど愛を捧《ささ》げられているのに、エジプトの女王は、他の男たちと会うのをやめない。カエサルとは、そのローマ式の宮殿が見たいから、などという理由をつけてはしばしば一夜をともにしているし、アキレスにも、竪琴《たてごと》の響きを聴かせてほしい、とか言って、このホメロスの英雄を、彼女の宮殿に招《よ》び寄せたりする。そのたびに恋するアントニウスはイライラするのだけど、高慢な愛人は、かつてのローマの武将の泣き言など聴きもしない。

その夜も、クレオパトラは、薄い黄金の小片をつらねて作った衣装に、緋色《ひいろ》の薄絹のヴェールをまとってあらわれ、まったく当然という顔で、正面の席についた。もちろん、左右に控えた二人の女官が、女王が秋の虫にでも刺されては大変と、くじゃくの羽根の扇で風を送る。

別にどの席でもかまわないという顔で、その隣の席に坐《すわ》ったのが、スパルタの王妃ヘレナ。

こちらは、あの流れるようなひだが美しい、白いギリシア式の衣装をつけていて、その簡素さが、かえって、ギリシアの女神を思わせる、肉づきがよくてもすらりとした、彼女の肉体の美しさをひき立てている。小肥《こぶと》りでぽっちゃりした感じの、クレオパトラとは対照的だ。

クレオパトラが細身の肉体の持主だというのは、あれは伝説であって、実際の彼女は、中背の豊満なタイプの女なのである。その彼女が、世界史上有数の美女とされたのは、肉体の美しさよりも、男に挑戦するかのようにキラキラと光る眼の輝きと、場面場面を自分に有利なように見事に演出する頭の良さから生まれた、副産物にすぎないようである。

反対に、ヘレナは、それこそ誰も文句を言えない美女なのだ。あまりの美女だから、自分を美しく見せようなどとは考えもしない。男遊びも、目的があってというわけでなく、ただ、その時の気分によって好きになる。パリスには惚れたけれど、すぐ気分が変って、その兄のヘクトルに心が傾いた時があったし、トロイの落城後は、なにもなかったようにすました顔をして、スパルタにもどってきた女だ。地獄に来てからは、ちょっとした女ならばたちまちモノにしてしまうカエサルに言い寄られて、一時は彼の恋人になっていたけれど、女とは大人の別れをすることでは達人のカエサルと優雅に別れた後は、盛んに情熱をぶつけてくる、ナポレオンと近くなりつつある。

要するに、トロイのヘレンは、気がいい女なのだ。惚れられると、断わるのが悪いという気になって、ついつい深い仲になってしまう。ただし、絶世の美女ではあるし、相手を選ぶのに計算がないから、地獄では、最もモテる女と評判が高い。

同じギリシアの女王でも、ビザンチン帝国皇帝ユスティニアヌスの妃、テオドラとなると、事情はだいぶちがってくる。

アレキサンドリアの踊り子からはじめて、ついにビザンチン大帝国の皇后にまで登りつめた女だけに、無駄というものをしないのだ。現世の夫であったユスティニアヌスが死んで地獄に来た時から、ずっと同じ屋敷に住み、妻としてつくす毎日で、だから浮気など、人の口の端にものぼらない貞節ぶりである。現世と来世の両方とも同じ男とくらしている女は、彼女ぐらいしかいないにちがいない。

その夜のテオドラは、女にかぎるという招待状の手前一人で来ていたが、その彼女のつけてきた衣装は、まったくビザンチン皇后の正装を、少しも乱したものではなかった。すらりとした肉体を知る人ならば残念に思うにちがいないような、身体《からだ》の線を直線的に隠してしまう上着をつけ、その宝石をちりばめた豪華さに負けない、これも宝石の重さで、ヘレナなどがかぶったらすぐにもはずしかねないほどの大きい宝冠をかぶっているから、重々しい身のこなししかできないのである。ただ、あの、見る人の心を引きこまずにはおかない大きな黒い眼の輝きは、踊り子時代から彼女の最大の武器であったことを、誰にも納得させるだけの力をまだ持っていた。

　これまた同じギリシア女でも、クサンチッペとなると、よほど世話女房タイプになってくる。ソクラテスとは好一対ではなかったかと思われるほどの醜女《しこめ》だが、口のうるさい女だけに人も良く、お節介なほどに世話好きで、地獄では彼女に頼めば、たいていのことは解決する。親身にやるのだからありがたいにはちがいないが、地獄主婦連の会長なので、その辺の意気地のない男たちはたいがいが怖れていて、彼女が同好の女史たちを引き連れて、魔王ベルファゴールにしゃもじのプラカードを持って抗議に行くというニュースが流れただけで、地獄政府の役人である小悪魔たちは、一目散に逃げてしまうのだった。なにしろ、亭主のソクラテスは一日中外に出ているから、専業主婦の彼女には、時間はもてあますほどあるのである。

　専業主婦なので、主婦連の会合か息子たちの学校の集い、そうでもなければカルチャー・センターのような集りにしか慣れていない。それで、豪華な魔王の宮殿の広間にも、そして、そこでまるで水を得た魚のように自由に立ち振舞う他の女たちにも、はじめのうちはなじめなかったらしく、質素な衣服のすそを整えたりしながら大人しくしていたが、そこはさすがに悪妻ナンバー・ワンに推される女だけのことはある。しばらくすると、彼女も、頭上高々と結いあげた髪にフランス人形のようにロマンティックな衣装の、マリー・アントワネットのそばに行って、おしゃべりをはじめていた。

フランスの王妃は、美しさのタイプはちがっても、今夜の席では、ヘレナに匹敵する美女だった。

白い大理石の彫像のようなヘレナに比べて、マリー・アントワネットのほうは色彩の洪水だ。なによりもまず、フランスの王妃は、きれいに化粧していた。そして、複雑に結いあげた髪には、そのあちこちに鳥の羽根や花飾りが散っていて、それだけ見ていても充分に愉しい。図々しいクサンチッペは、フランス王妃に、髪飾りの一つ一つについて、無邪気な質問を浴びせかけているのだ。

マリー・アントワネットも、クサンチッペの質問を迷惑に思っているようでもなかった。フランス革命の当時、パン寄こせ、と叫んで王宮にデモしてきた民衆に、

「パンがなければ、お菓子を食べればいいのに」

と言った女である。無邪気さの点では、人の良いクサンチッペと、同じ程度に重症なのかもしれない。また、ルイ十六世の妃も、フランス王国の財産を、豪華な宴や衣装や宝石に費《つか》い果して革命の火を点《つ》けたという理由で、悪妻の番附けでは、西の横綱

になるくらいの資格はある。だから、この方面でも、クサンチッペとは意外に、気の合うタイプだったのだろう。悪妻とされる女は、ほぼ一人の例外もなく、計算した人生を過ごすことなどには縁の遠い、人の良い女たちなのだから。

　この二人の女がなにやら親し気におしゃべりしている一画から、ちょうど反対側の広間のすみに、一人だけぽつんと立ったままで、先ほどから召使たちの推《すす》める酒にも料理にも手をつけずにいるのが、江青女史だった。

　この、四人組唯《ただ》一人の勇ましい女は、地獄に来ても人民服を着ている。新入りの世話がなによりも好きなクサンチッペが、主婦連会長という格で江青を早速訪ね、地獄では、現世の習慣を必ずしも守り続ける規則はないのだから、シナ服を着てもよいのだと説明したが、江青は、シナ服は嫌いだと答えたそうである。それで、地獄中にたちまち、江青女史は地獄でも文化大革命を起す気なのかという噂《うわさ》が広まったが、そうでもないらしかった。

　もともと、地獄の住人は、有名無名を問わず、現世での批判精神が強かったこともあって地獄に送られてきた人々だから、江青に扇動されたくらいでは動かないのである。天国へでも移ってアジったほうが効果があるだろう、と言う人が多いくらいだった。でも、天国の番人である聖ペテロは、これまた人の良いことしか能のないような男だから、江青にしてみれば天国入りもさほどむずかしいことではないにしても、あそこで善男善女を扇動して文化大革命など起そうものなら、神様だって困惑するにちがいない。というわけで、地獄入りしたとたんにシナ風に変り、シナ服を着るだけでなく、どじょうひげまでのばして、晴耕雨読の生活を愉しんでいる毛沢東《もうたくとう》にでも改めて影響されないかぎり、江青女史は人民服を脱がないであろうというのが、おおかたの一致した意見になっていた。

ただ、完全にシナの大人風の毛沢東を、現在の江青は軽蔑《けいべつ》していて、一緒に住もうとさえしない。だから、毛の影響力を疑問視する人も少なくなく、そういう人々は、江青女史も地獄では、人民服など着ていては誰からも相手にされない現実がわかるまでしかたがないだろう、と言うのだった。

ちなみに、江青女史が地獄入りしてきたのは、毒殺されたからである。

四人組裁判の当時、勇ましい、いや、やかましいと言ったほうが適当かもしれない反論をまくし立てて、裁判長以下をたじたじとさせた彼女だったが、二年の執行猶予《ゆうよ》附きの死刑ということになって牢《ろう》にもどっても、いっこうに大人しくなる気配がない。看守などはたちまち説得してすぐに味方につけてしまうので、いくら代わりを立てても収まらない始末だった。

それで、これに音《ね》をあげた体制側が、政治上の関係を利用して、CIAに、なんとか表沙汰《おもてざた》にならないですむ形で始末してくれないか、と頼んだのである。ところが、人の善さでは人後に落ちないアメリカ人は、とんでもないことと取り合ってもくれない。

やむなく中国の体制派は、台湾に頼んだのだった。同じ中国人のこと、いかに政治体制がちがっても、このような場合に良心だけをもてあそんでいるのが好きなアメリカ人とはちがって、どこかに共通した血が流れている。四人組が復帰して困ることでは、北京《ペキン》も台湾も利害が一致している。毒殺をうけおった台湾側の計略が見事に成功して、心不全とかいう病気に似た病状で江青が死んだのは、今年の春の話だった。死因を疑った人もいたにはいたが、証拠がない。北京政府は、丁重な葬儀を彼女のためにやってやり、中国共産政府とは仲の悪い、近隣諸国の反体制派の文化人にまで、葬儀列席の招待状を出したのである。

こういう理由もあって、地獄に来て以来の江青は、いつもイライラと人に当っていた。今夜も、自然死をしたわけでもないクレオパトラとマリー・アントワネットの二人が、そんな江青をなぐさめ、少しは新しい生活に慣れてはどうかと推めようと、広間のすみに立ったままの江青に近づいたのだ。パーティでは誰にも話しかける社交家のフランス王妃はともかく、女などには関心のないエジプトの女王にしては、珍しい親切ぶりだった。

「ねえ、江青さん、少しはこのお酒を召しあがったら？」

まず話しかけたのは、マリー・アントワネットである。だが、江青女史は、青ねず色の人民服の腕を組んだまま、フランスの王妃のほうをじろりとにらんだまま、答えもしない。それでも、ルイ王朝唯一《ゆいいつ》の女王らしい王妃であったマリーは、気分を害した様子もなく、もう一度話しかけた。

「もう少し、お気を楽になさったら？　ここではあなたがなにをなさっても、米帝の手先だとか、資本主義陣営のスパイとか、誰も非難しませんわよ」

クレオパトラも、説得役を買って出る。

「もういいかげんに、ここに送られてきたのをくやむのはやめにしたらどうかしら。誰だって、一度は死ぬんですよ。退屈な男たちしかいない天国に送られるよりは、ここのほうがずっと愉《たの》しいのよ。ここには、あなたの好きだった人も、多勢いるではありませんか。マルクスもエンゲルスも、レーニンもスターリンも、トロツキーだって昔のことは水に流して、けっこうスターリンと仲良くしていますわよ。これが、この地獄の愉しいところなの。それを満喫しなくて、なにが第二の人生でしょう」

江青は、エジプトの女王には、少しは関心を持ったようだった。紅衛兵を号令していた頃の彼女は、中共の女王だったのだから、もともとそのような立場が、好みであったのだろう。

相手が関心を持ちはじめたのを察したクレオパトラは、前よりは熱心に話しはじめた。

「でも、あなた、どうしてあの時、体制派のじじいを誘惑できなかったの？　残念だと思うのよ、あの時の勝負に負けたのは」

この時、江青の青白い顔に、一瞬紅い炎が走った。

「なにを言うんです。あなただって、オクタヴィアヌスをたらしこむのに失敗して、自殺するよりしかたがなかったんじゃありませんか」

エジプトの女王は、婉然《えんぜん》と笑った。

「そうだわねえ、あの若者を結局どうにもできなかったのよ、このわたしが。カエサルやアントニウスのような、ローマ帝国一流の男たちを愛人にし、それによって、地中海世界の女王になろうとしたわたしも、あの、三十そこその青年には負けたわ」

話がはずんでいるらしいのを知った他の女たちも、この三人のところに近寄ってきた。人に意見する機会をのがすくらいなら悪魔に魂を売ったほうがまし、と思っているクサンチッペが、まず話に加わる。

「どうしたの、なんの話？

まあまあ、江青さん、あなたって、すごいことしたんだってね。うちの亭主なんて、毎日のように家を外にしては、アテネの男たちに目を開かせようと説得に努めたらしいけど、結果は惨憺《さんたん》たるものだったのよ。あなたが、紅衛兵とやらを何千万人も扇動できたなんて、それができなかった亭主を持つ身としては、ぜひとも秘訣《ひけつ》を知りたいところ」

そこで、トロイのヘレンが口を出した。

「わたくしだって、男たちの戦争の原因になったのでは同じことだわ」

その時、皇后テオドラが、口の端に冷笑を浮べながら、ひとり言のように口をはさむ。

「あれは、でも、あなたがもくろんだから起ったことではないわ」

「そうですよ。スパルタの王妃さまは、きれいだけど、政治的才能はない方なの。わたしの場合だと、エジプトという伝統ある国の将来がかかっていただけでなく、ローマ帝国の方向を決める戦いも、わたしが大切なカードだった」

「そうでしょうねえ。でも、よく政治とか経済とかめんどうなことに興味をお持ちになれるのね。わたくしは、とてもだめ。パーティや宝石、衣装のことなったら、まかせていただいてもよいほど自信があるんだけど」

と言ったのは、フランス王妃。

言いたいのを我慢できなくなった江青が、今度は口をはさむ番だった。

「だから、革命が起ったんですよ。あんたに代表される支配階級の堕落ぶりで、フランスの人民が蜂起《ほうき》しなかったらおかしいくらいだもの」

マリー・アントワネットも、女優あがりに言いまかされてそのままにしておくには、彼女の貴族の血が許さない。

「あら、おっしゃいますわね。支配階級の堕落ぶりは、そちらでも同じではなかったかしら」

こうなったら、江青も、共産主義者の面目にかけても、黙ってはいられなかった。

「だから、われわれコミュニストは、あんな堕落したソ連の同志でなく、われわれに代表される純粋なコミュニストは、永久革命を説くのです。革命は、幾度も永久にくり返されるべきなのだ。堕落の兆候が見えるやいなや、下部からのもりあがりによって、それを知り指導できる革命人の力で、支配階級は常に刷新され、革命思想は、永遠に鮮度を保たれねばならないのです」

他の女たちはみな、唖然《あぜん》として、黄色い気炎をあげる唯一の東洋の女を見ていた。

「まあ、しんどいお話。あなたって、くり返していれば、人間の性格なんて変えられるとでも思っていらっしゃるの？」

こう言ったのは、フランスの王妃だ。ギロチンで首が飛んだのだから、反革命的なのも無理からぬ話だが。

しかし、江青がまたも反論しそうな気配を察したクレオパトラが、ここいら辺で結論づけようと思ったのか、こう言った。

「江青さん、王制でも貴族制でも共産主義とやらでも、誰かが支配階級になることでは少しもちがいはないのよ。支配階級をなくすことに成功した政体は、二千年このかた、一つもないんですものね。王制なら、王様だし、貴族制なら、貴族たちだし、共産主義政体では、労働者ってわけでしょ。民主主義体制だって、選ばれるということはあっても、選ばれた人たちで支配階級を構成する点では同じだわ。

結局、あなたの失敗の唯一の原因は、毛沢東より長く生きてしまったことなのよ。その点では、テオドラさんはよかったわね。ユスティニアヌス帝より前に、死んだんですもの」

ビザンチン帝国の皇后も、ふと微笑した。

「ほんとうに。あれで皇帝より後に残っていたら、大変だったと思うわ。この機会にと思う人々によって、首を斬《き》られるか、毒を盛られるかしていたにちがいないわ」

マリー・アントワネットも、もっともだという顔で、言った。

「でも、江青さん、あなた、御立派だったわよ。裁判の時、堂々と反論なさったんですもの。あれは、さすがに、中国共産主義国の王様の妃の振舞いだと、テレビを見ていたわたくしたち地獄の住人は、皆感心させられたのよ」

この時、はじめて江青の頰がゆるんだ。

「いいえ、いいえ、あなたも見事だった。ギロチン台の上でのあなたは、あなたの処刑を見物に集まったフランスの馬鹿女《ばかおんな》たちを見返す、最高の演技だった。わたしたちに、主義や立場のちがいなんてないんだわ。女として、いや人間として見事に生きるしか、わたしたちの評価を決めるものはないのね」

一同、うなずく。

その翌日、江青は人民服を捨てた。

饗宴《きようえん》・地獄篇　第二夜

あれから一カ月ほど過ぎた日の夜、クレオパトラの屋敷に、あの夜のパーティに出席した女たちが再び集まった。もう一度魔王ベルファゴールの宮殿で宴《うたげ》を開こうということになったのだが、前回の江青《こうせい》に代わって、誰をゲストに招こうかを決めるために集まったのである。

その夜の出席者は、クレオパトラにトロイのヘレン、クサンチッペにテオドラ皇后。マリー・アントワネットも、化粧に手間取って定刻に少し遅れたが、今、席に着いたところである。ただし、今夜の集まりは、パーティの準備会議のようなものだから、彼女たちはいずれも気軽な服装をしている。思い思いの場所にリラックスして坐《すわ》った彼女たちは、あの夜の御礼ということで江青からとどけられた、シナ料理の粋とも言うべき点心をつまみながら、「アルバ公爵《こうしやく》」という名のスペインのブランデーの杯を傾けている。シナの菓子は味がしつこいので、コニャックでは、酒のほうが負けてしま

うのだ。もちろん、

「お酒はダメなんです。オレンジ・ジュースかコーラかにしてください」

などとだらしのないことを言う女は、その夜集まった女の中には一人もいない。また、肥《ふと》るからお菓子は我慢する、なんて言う女もいない。政治にしても男にしても地獄主婦連にしても、考えたりやったりすることがいっぱいあって、食べたカロリー分など、すぐにも発散してしまうからである。

というわけで、堂々と点心をつまみ、アルバ公爵との接吻《せっぷん》も怠りなく続けながらのおしゃべりがはじまった。まず、その家の主人、クレオパトラが口を開く。

「ねえ、皆さん、この次の魔王宮でのパーティのことなのだけど、前回で江青さんをお招きした余勢を駆ってというわけで、次も、東洋の女の方々をお招きしてみてはと思うのだけど」

「いいわねえ、大賛成。わたくし、変った人と会うの大好きなの」

と言ったのは、マリー・アントワネットである。ところが、一言ないとおさまらないクサンチッペが、口に入れかけていた菓子を皿にもどして発言した。

「シナ以外で東洋らしい東洋の国といえば、日本でしょう。あの日本に、ここにいるわれわれが招《よ》ぶに値する女なんているのかしらね」

テオドラも、自分も疑問だ、とでもいうふうにうなずく。だが、クレオパトラは、さすがに国際政治の達人であった前歴を示して、まとめあげる能力にもこと欠かない。

「そうなの。わたしもそういう疑いは持っているの。それで、今夜は皆さんと検討してみようと思って、お招びした次第なの」

人の良いクサンチッペは、たちまち軟化した。

「そうですねえ、じゃ、一人一人検討してみて、ゲストとして招く価値あるとなった女にだけ、招待状を出すということに決めましょう。

それで、クレオパトラさん、日本には、悪女でも善女でもいいけれど、なにかをしでかした女というと、どういう人がいるんです」

クレオパトラは、女の秘書の差し出す資料に眼を通しながら、話しはじめた。

「まず、古いところからはじめるとして、天照大御神《あまてらすおおみかみ》というのがいるわ」

「ああ、神さまか。それで、その女神、なにかをしでかしたわけ？」

「別にたいしたことをしでかした女でもないみたい。少々猛々《たけだけ》しすぎる弟がいて、それが悪事をやりすぎたので彼女も腹を立て、洞穴に隠れてしまったために、日本中が真暗闇《まっくらやみ》になってしまったんですって。それに困り果てた人々が、女神が再び外に出てくれるようにと、その前でストリッパーに踊らせ、皆でワイワイ騒いだところ、好奇心に駆られた天照が天の岩戸を少し開けてのぞいたので、この機と皆で戸を開いたというわけ。あとは、メデタシ、メデタシで終りだったらしいの」

笑い声を立てたのは、フランス王妃だった。

「日本第一の神さまのくせに、ずいぶんと簡単に怒ったり機嫌を直したりするのね」

それに、

「あら、神さまなんてどこでもその程度のものよ。オリンポスの神々だって、そうでしたもの」

と言ったのは、スパルタの王妃ヘレナである。次いで、クレオパトラが、結論をくだすように言った。

「神さまをお招びしてもいっこうにかまわないのだけど、やはり面白い人でないとね。天照大御神は、その点、少々位負けという感じを与えるから、まあやめておきましょう」

それまで発言を控えていたテオドラが、口を開いた。

「神さまはダメとなると、どんな女が他にいるのかしら」

「それが、テオドラさん、あなたと似た立場の皇后が一人いるわ。ただし、夫の死後に彼女も天皇になったので、持統天皇と呼ばれているけれど」

「へーえ、あの日本に女帝がいたんですか」

と、感心したような声をあげたのは、常日頃、女の地位向上に全人生を捧《ささ》げていると信じている、クサンチッペだった。

「そうなの、それも彼女が最初の女帝ではなくて、推古《すいこ》、皇極《こうぎょく》、斉明《さいめい》といた後の女帝だから、四番目というわけね。彼女の後に三人ほど女帝が即位するけれど、九世紀以後は、ほとんど男ばかりのようよ。持統天皇はこの中でも、最も悪名高い女帝ということらしいわ。

それで、彼女のことを少し紹介すると、七世紀に生きた人で、天智《てんじ》天皇の第二皇女として生まれ、父の弟だから叔父でもある、天武天皇の皇后になった人なの。この夫の在世中は問題なかったらしいのだけど、天武天皇の死後、後継者問題が起ったわけね。なぜなら、天武天皇には、大津皇子《おおつのみこ》というプリンス・オヴ・ウェールズがいたのだけど、このプリンスは、持統からすると先妻の子。しかも、彼女には、草壁親王という実子がいたのだから、問題が起らないほうがおかしいくらいだと思うけれど」

東西のちがいはあっても皇后となると、普段は皆と少し距離を保つ癖のあるテオドラも、にわかに関心を持ったらしい。

「それで、殺したんですよね、大津皇子を。謀反《むほん》とかなんとか理由をつけて」

「そう。でもこれを、夫の死の直後に決行したのは賞《ほ》めてもいいわね」

と、クレオパトラ。

「時を待ってやるべきことと、待たないでやるべきことのちがいは明白なんだから」

「ところで、問題は、これで終りではないの。草壁親王が、三年後に死んじゃったのよ」

マリー・アントワネットが、今度は口をはさんだ。

「それで彼女、再婚でもしたの？」

「いいえ、いいえ、いくら皇后でも四十台の半ばの大年増《おおどしま》。それに、日本の女は淡白にできているらしくて、自分自身の再婚はさて置いて、息子がダメなら次は孫という考えだったのでしょう。亡《な》き草壁親王の子の軽皇子《かるのみこ》の成長を待つということで、持統天皇として正式に即位したわけ。死んだのも、ベッドの上での自然死らしいわ」

今度は、テオドラが結論を出す番だった。

「わたしから見れば、当然と考えられることをしただけの女としか見えないわ。あの時代の日本は、肉親相争う時代だったのでしょ。それに、皇后といっても、その立場は安定などしてはいないの。とくに未亡人になって後は、いつ殺されるかわかりやしない。大津皇子が帝位についていたら、殺されたのは彼女のほう。異母兄の草壁親王に至っては、真先に殺されていたでしょうね。

持統天皇のやったことは、自衛手段よ。しかも、他に方策もない状態での、自衛策ですよ」

「そうね。言われてみると、これでは悪女でも善女でもないようね。自己の野心とか、自分の欲望とかで動いたわけでもないのだから。

これは少々、彼女が親政を敷きはじめてから死ぬまでの、政治的業績を検討してみる必要がありそうだわ。でも、それには時間がかかりすぎるから、今夜はとりあえず、次に移りましょうか」

「次となると、北条政子でしょうね。彼女は、十二世紀から十三世紀にかけて生きた人。源頼朝の妻で、頼家、実朝の母なんだけれど、この息子二人とも、彼女にとっては肉親によって殺され、その後は、実家の北条が実権を取ってしまったというわけよ。彼女は、尼将軍などと呼ばれて勢力をふるったと言うけれど、わたしにはここが疑問なの。なにしろ、弟にあたる北条義時も、その義時の息子の泰時も、源家直流の男子たちに比べれば断然優れていたんですからね」

口をはさんできたのは、マリー・アントワネットだ。

「ねえ、クレオパトラさん。わたくしの思うには、あの北条政子という人、所詮《しょせん》、百姓あがりの土豪の娘でしかなかった女だと思うのよ。頼朝のところへ押しかけていって、既成事実にしちゃったことなんて、百姓の娘の面目躍如じゃない？　だけど、結局、あれだけで終った人。その後となると、自分の願いと反対のことの実現にばかり、無意識にしても力を貸してしまった感じで、頭が良い女とも思えないわ。政子、という名が泣きますよ。きっと、衣装の趣味も悪く、品のない女だったと思うわ」

「そうかもしれないわね。尼将軍なんて聴くと、なにかしらたいした女のようだけど、たいした人物は、夫の頼朝と、北条の男たちのほうだったのでしょう。鎌倉幕府は、所詮、男たちの作品だったのだから」

「あの人、北条政子という名で得しているのよ。名としては、大変に格の感じられる名ですよ。本人に、真の格があったかどうか、それは疑問ですけどね」

こう断定したのは、常日頃、クサンチッペという名が気に入らなく、改名しようかと考えている、ソクラテスの妻だった。

クレオパトラが、再び資料をめくりながら話しはじめる。

「次となると、やはり、十五世紀の人、日野富子になるかしら。室町幕府の八代将軍、足利義政の妻で、生まれはここには書いていないけれど、公卿《くぎょう》の娘だと思うわ。少くとも、百姓あがりの土豪の娘ではない。東山の銀閣に住んだほどの趣味の持主を夫にしていたから、彼女のほうも嗜好《しこう》の優れた女だったのでしょう。

それに、お金《かね》に対する嗜好のほうも隠さない女だったらしいから、偽善家を装《よそお》う傾向の強い生まれの低い女たちに比べれば、ずっとマシね。賄賂《わいろ》を取ったり、高利貸しをしたりして、堂々ともうけたらしいのよ。

ところが、夫の義政は、早々と弟の義視《よしみ》を養子にしていたの。こうして後継ぎがすでに決まっていた段階で、日野富子に息子が生まれたわけ。後に九代将軍になる、義尚《よしひさ》よ。

こうなると、日野富子としては、我が子を将軍にしたくなるのも人情でしょう。義視にするか義尚かということで、かの有名な応仁の乱が起ったというわけね。もちろん、応仁の乱の原因は、他にもいろいろあるにしても。

面白いのは、一四六七年からはじまって数年間続き、京都が徹底的に荒廃したという応仁の乱も、将軍の後継者問題が火点《ひっ》けというけれど、その間ずっと、将軍義政は生きていたのよ。だから、日野富子は、夫に死なれて、自衛手段として息子を立てようとしたのではなくて、ほんとうに息子を将軍にしたかったと思うべきね。

つまり、持統天皇の場合とちがって、こちらのほうは、母親の情ひとつということでしょう。亭主の義政が将軍職から引退し、息子の義尚が九代将軍になったのは、応仁の乱の終った年だし、その義尚が死んで、第十代将軍に義視の子の義稙《よしたね》がなったのも、まだ生きていた義政と義視が和解した結果なんですからね」

「わたしだったら、息子が原因で戦乱など起しはしないわ」

と言ったのは、トロイのヘレンの名で聴こえた、スパルタの王妃でなくて誰であろう。クレオパトラもテオドラも、マリー・アントワネットもクサンチッペも、まったく、というふうにうなずいた。

クレオパトラなどは、笑いだしながら言う。

「現代の日本の女たちで最も有名なのは、教育ママと呼ばれるタイプらしいけれど、昔から日本の女には、母親的性向のほうが強かったのかしらね。

日野富子も、物欲が強くて、賄賂を取ったり、高利貸しにスゴ腕を発揮したりしてお金を集めるのが好きなところは面白いけれど、母親の情におぼれて戦乱を起したりするところは、少々幻滅ね。なにしろ、応仁の乱が起った年、彼女はまだ、二十七歳だったのよ。二十台で日本の女は、もう母親オンリーになっちゃうのかしら」

「その後、彼女は殺されなかったの?」

「とんでもない、殺されるものですか。まず、息子の義尚が死に、次に夫の義政が死に、そして、敵であった義弟の義視も死んだ後も、五年間生きたんですよ。息子の将軍が死んだ後も七年間生きていたのだから、殺《や》らなければ殺られるという、せっぱつまった状態での選択ではなかったことは明らかよ。

夫である義政の性格も、検討してみる必要がありそうね。美的趣味では優れていても、男としては、そばで見ていて腹立たしい思いになる男だったかもしれないから。よくあるでしょ、夫にあき足らなくて、息子に全エネルギーを集中するタイプが」

点心を盛った銀盆は、なかなか空にならない。なにしろ、江青は、チャイニーズの胃袋に合わせて何人分ととどけてきたので、肥る心配などしたこともない彼女たちが充分に食べても、銀盆の上の山は、少しばかり低くなっただけなのである。アルバ公爵がそそがれる杯《さかずき》も、口に持っていかれる度合が減ってきた。夕食後のお菓子と食後酒を御一緒に、という招待だったから、夜の更《ふ》けるのも早いのだ。朝早く家を出て行ったきり、帰宅するのが何時ともわからないソクラテスに苦情ばかり言いながら、それでも結婚とは怖《おそろ》しいものらしく、いつのまにやら早起きに慣れてしまっていたクサンチッペが、真先にあくびをかみ殺しはじめた。一方、夜会がなによりも好きなマリー・アントワネットのほうは、夜が更けるにつれて、ますます生き生きしてくる。

「ねえ、クレオパトラさん。他に、もう少しマシな女はいないの？　パアーッと派手で、美人で、死ぬ時も、女王のように堂々と殺されたなんていう人」

一同、華やかに笑ったが、クレオパトラも笑いながら、再び話しだす。

「そうなると、やはり、淀君《よどぎみ》かしらね、フランスの王妃様の出された条件を満たせる女となると」

「あら、その人なら会ったことがあるわ。いつだったか、地獄国際交流基金主催のパーティで、百姓女とは同席できません、と言って、憤然と席を立って帰ってしまった人なので覚えているの」

と言ったのは、マリー・アントワネットだ。

「まあ、百姓の女なんか招待していたの？」

「もとの身分をたどればそうだけど、後《のち》は関白秀吉の夫人だから」

「なるほど、正妻がいたというわけね。でも、面白そうな女じゃない？」

クレオパトラが、再び会話をもとにもどした。

「面白いかどうか、それはこれから決めていただくとして、まず、彼女のことを簡単に説明するわね。

淀城の女主人になって淀君とか淀殿とか呼ばれる以前は、お茶々という名のこの人、十六世紀から十七世紀にかけて日本に生まれた女の中では、やはり数奇な運命を持った筆頭かもしれない。浅井長政と、織田信長の妹のお市の方との間に生まれた三人姉妹の長女で、父親が伯父に滅ぼされた後は、柴田勝家と再婚した母とともにくらすのね。ところが、この養父も、秀吉に滅ぼされるの。母のお市の方は、またも夫を捨てて生きのびるのに嫌気がさしたのか、勝家とともに死んでしまうけれど、娘たち三人は、秀吉に引き取られるわけ。その時すでに、お茶々は、もう結婚適齢期も過ぎそうな、十六歳だったの。

妹たち二人は、もともと平凡な出来だったのか、素直に、京極高次と徳川秀忠に嫁ぐのだけど、お茶々だけ、秀吉の側室になったのね。三十一も年のちがった秀吉は、その頃、日本では最高の権力者だったけれど。

この淀君に男子が誕生してからは、側室の淀君が、日本の事実上のファースト・レディになったのも、これまでついぞ子に恵まれなかった秀吉の喜びを思えば、まあ仕方のないことでしょう。正妻ではあっても、北政所《きたのまんどころ》は、娘さえも与えることができなかったのだから。

ところが、豊臣秀吉は、一五九八年に六十二歳で死んでしまう。最大の保護者を失った淀君は、その年、三十一歳の女盛り。息子の秀頼に至っては、まだ五歳の坊や。

その後の彼女のやること為《な》すこと、五歳の息子をかかえた未亡人の懸命な生き方の典型を見るようで、同情せざるをえない感じだけど、二年後に、関ケ原の戦いを迎えてしまうわけね」

「もちろん、負けたのでしょう?」

「そう。この結果、秀頼は、六十余万石の一大名の地位に落ちてしまったの。ところが、この時から、家康の外堀埋めがゆっくりとはじまったわけよ。まだ十歳の秀頼と孫娘の千姫を結婚させることなどで、だましだましながら。そして、一六一四年の大坂冬の陣、翌一五年の大坂夏の陣で、徳川家康は、豊臣を完全に滅ぼしたわけ。

淀君は、息子秀頼とともに、燃えあがる炎につつまれて自刃《じじん》という結末よ。お茶々、四十八歳、秀頼、二十二歳の年の話でしたで、チョン」

「なんだか、秀吉が死んだ後はすぐにもガタガタ崩壊したような感じを持っていたけれど、案外と長く持ちこたえたのね」

と感嘆したようにつぶやいたのは、マリー・アントワネットだ。それに、クレオパトラは、きっぱりと答えた。

「でも、それは彼女の遊泳術が優れていたというよりも、相手が、泣くまで待とう、式の男だったからではないかしら。

それに、あなたの場合だって、フランス革命の勃発《ぼっぱつ》からあなたの処刑まで、何年経《た》っているると思う？　四年も経っているのよ。歴史は、重要な事項だけ追っていく傾向の強い後世の人々から見ると、すべてが急いで進んでいくようだけど、実際はちがうのよね。距離の観念を感じ取らせることのできた歴史文学はあるけれど、時間の観念まで感じさせてくれるものは、ほんとうに少ないのだから。

淀君だって、若くして絢爛《けんらん》と死んだようだけれど、実際の年は、四十八歳だったのよ。大年増もいいところ。苦悩のために、処刑の頃には白髪になってしまったというあなただって、三十八歳でしかなかったのに」

「でも、会った時の彼女、どうしたって、二十台の半ばにしか見えなかったわ」

笑いだしながら口をはさんだのは、トロイのヘレンである。

「マリーさん、お忘れにならないで。ここ地獄では誰でも、自分が良いと思う年齢でくらせるのよ。あなただって、最も華やかなフランス王妃時代の、二十台前半の年頃ではありませんか。わたしだって、トロイの王子パリスと愛し合っていた頃の、年齢を選んだのだわ」

「そうね。淀君は、息子を産んだ前後の彼女でいたかったのね、きっと」

「それにしても」

と、マリー・アントワネットはまだ続ける。

「クレオパトラさん、あなたはなぜ、カエサルに見そめられた頃の二十歳でなく、自殺した年の三十九歳を選ばれたの？」

「わたしは、常に女王であったし、女王として死んだのよ。死の時こそ、最も華やかな脚光を浴びた時だったのですもの。それに、この年齢が気に入っているの。二十台のわたしは、蓮《はす》の花のように美しかったけれど、ほんとうの女では、まだなかったと思うから」

「それにしても」

と言いだしたのは、今度はクサンチッペだった。

「どうして淀君は、正式に結婚しようと思えば相手はいなくもなかったのに、三十一も年のちがう秀吉の妾《めかけ》になったんでしょうかね」

これに答えたのは、クレオパトラだ。

「わたしの思うには、淀君という人は、同時代の内親王や公卿の姫たちよりも、よほど精神的に貴族であった女だと思うの。そして、そのような女は、貴族的な精神を維持するためには、下からのしあがった男を利用することなど、なんとも思わないものよ。お節介な北政所の推《すす》めをありがたく受けて、一大名あたりに嫁ぐことなど、淀君にはつまらないことにしか思えなかったのでしょう。

人間五十年、下天《げてん》の内を比ぶれば……、という幸若舞《こうわかまい》の一句を有名にしたのは、彼女でなくて伯父の信長だけれど、相当なニヒリストであったことでは、淀君も、やはり血は争えないようね。勝って天下を取ればよし、と言って、失敗したらそれまでだ、という感じで、ずいぶん、ヤケッパチなところがあった女じゃない、伯父に似て。だから、北政所と合うはずがないのよ。あちらのほうは、反対にひどく安定指向型だから」

ほんとうだ、というふうにうなずいたのは、マリー・アントワネットであった。

「わたくし、北政所という女、大嫌い。淀君が席を立って行ったあのパーティでも、誰にでもひどく下手に出て、列席の人々が、やはり出自をわきまえている、などと感心していたわ。どこでも誰とでも、自分だけイイ子になりたがる人よ」

この時になって口を開いたのは、テオドラだ。

「でも、淀君という人、秀吉亡《な》き後のブレーン選びをまちがったと思うけれど」

「そうね。あの人面白いけれど、政治的な才能はなかったみたいね。

ただ、わたし、淀君にある程度の才能があっても、結局、実を結ばなかったと思うの。家康は、絶対に豊臣を滅ぼす気でいたでしょうから、大坂夏の陣を避けられたにしても、いつか豊臣家は、国替えや取潰《とりつぶ》しなどによって、姿を消していたと思うわ。家康は、大坂夏の陣の一年後に死んでいるから、それまでなんとしても持ちこたえて、その死の直後に大胆な失地挽回《ばんかい》策に出ていたら別だけど」

こういう話になると、いつもクレオパトラが、会話の主導権をにぎってしまう。他の女たちは、クサンチッペを別にすれば、美貌《びぼう》ではずっと優れているのだが、やはり、実際に国際政治の修羅場をくぐったことがないので、うなずくしかないのである。

夜型のマリー・アントワネットも、さすがに疲れたのか、扇の陰で、小さなあくびをかみ殺しはじめた。そろそろ、おしゃべりも打ちあげの時刻にきたようである。この夜の主人役でもあるクレオパトラが、総まとめをするとでもいうふうに言った。

「こう見てくると、江青さんをお招きした時みたいに、これこそ極めつきと思わせる女がいないわね。面白さが、なんだか中途半端《はんぱ》な感じで。いっそのこと、春日《かすが》の局《つぼね》ではどうかしら」

「やめて！　あんなの招《よ》んだら、座が白けてしまうわ」

悲鳴をあげたのはマリー・アントワネットだ。部屋の中に、たちまち爆笑がまき起った。クサンチッペも、笑いながら口をはさんだ。

「日本にはどうやら、悪女がいないだけでなく、悪妻もいないようですね」

その時、遠く地球の裏側と思われるあたりから、力いっぱい叫んでいるらしい声が聴こえてきた。

「皆さん、結論を急がないでください！　ボク、一人知っているんです。悪妻としてなら、イイ線行きそうな日本の女を」

一同は、互いに顔を見合わせた。

「誰？　あの声の主は」

「知らないわ。でも、地上からの声のようよ」

その時、クレオパトラの秘書が、主人の耳になにかささやいた。なんだ、という顔をしたのは、クレオパトラである。そして、一同に向って言った。

「塩野《しおの》七生《ななみ》の御亭主ですってよ」

この作品は昭和五十八年三月に中央公論社より刊行され、昭和六十一年一月に中公文庫に収録された。

塩野七生著

勝者の混迷（上・下）

ローマ人の物語 6・7

ローマは地中海の覇者となるも、「内なる敵」を抱え混迷していた。秩序を再建すべく、全力を賭して改革断行に挑んだ男たちの苦闘。

辻邦生著

安土往還記

戦国時代、宣教師に随行して渡来した外国船員を語り手に、乱世にあってなお純粋に世の道理を求める織田信長の心と行動をえがく。

辻邦生
山本容子著

花のレクイエム

季節の花に導かれて生み出された辻邦生の短い物語十二編と、山本容子の美しい銅版画。文学と絵画が深く共鳴しあう、小説の宝石箱。

辻邦生著

西行花伝

谷崎潤一郎賞受賞

高貴なる世界に吹き通う乱気流のさなか、現実とせめぎ合う〝美〟に身を置き続けた行動の歌人。流麗雄偉の生涯を唱いあげる交響絵巻。

白洲正子著

西行

ねがはくは花の下にて春死なん……平安末期の動乱の世を生きた歌聖・西行。ゆかりの地を訪ねつつ、その謎に満ちた生涯の真実に迫る。

白洲正子著

夕顔

草木を慈しみ、愛する骨董を語り、生と死に思いを巡らせる。ホンモノを知る厳しいまなざしにとらえられた日常の感懐57篇を収録。

曽野綾子著

木枯しの庭

独身の大学教授、公文剣一郎には、結婚を妨げる事情はないはずだが……。愛に破れる男の孤独な内面を描き、親と子の問題を追究。

曽野綾子著

心に迫るパウロの言葉

生涯をキリスト教の伝道に捧げたパウロの言葉は、二千年を経てますます新鮮に我々の胸を打つ。光り輝くパウロの言葉を平易に説く。

宮本輝著

錦繡

愛し合いながらも離婚した二人が、紅葉に染まる蔵王で十年を隔て再会した――。往復書簡が過去を埋め織りなす愛のタピストリー。

宮本輝著

道頓堀川

大阪ミナミの歓楽の街に生きる男と女たちの、人情の機微、秘めた情熱と屈折した思いを、青年の真率な視線でとらえた、長編第一作。

宮本輝著

月光の東

「月光の東まで追いかけて」。謎の言葉を残して消えた女を求め、男の追跡が始まった。凜冽な一人の女性の半生を描く、傑作長編小説。

宮本輝著

流転の海

理不尽で我儘で好色な男の周辺に生起する幾多の波瀾。父と子の関係を軸に戦後生活の有為転変を力強く描く、著者畢生の大作。

藤原正彦著　遥かなるケンブリッジ
―一数学者のイギリス―

「一応ノーベル賞はもらっている」こんな学者が闊歩する伝統のケンブリッジで味わった波瀾の日々。感動のドラマティック・エッセイ。

藤原正彦著　若き数学者のアメリカ

一九七二年の夏、ミシガン大学に研究員として招かれた青年数学者が、自分のすべてをアメリカにぶつけた、躍動感あふれる体験記。

小澤征爾著　ボクの音楽武者修行

〝世界のオザワ〟の音楽的出発はスクーターでのヨーロッパ一人旅だった。国際コンクール入賞から名指揮者となるまでの青春の自伝。

小澤征爾
広中平祐著　やわらかな心をもつ
―ぼくたちふたりの運・鈍・根―

我々に最も必要なのはナイーブな精神とオリジナリティ、即ち〈やわらかな心〉だ。芸術・学問から教育問題まで率直自由に語り合う。

池澤夏樹著　ハワイイ紀行【完全版】
JTB紀行文学大賞受賞

南国の楽園として知られる島々の素顔を、綿密な取材を通し綴る。ハワイイを本当に知りたい人、必読の書。文庫化に際し2章を追加。

池澤夏樹編　オキナワ
なんでも事典

祭り、音楽、芸能、食、祈り…。あらゆる沖縄の魅力が満載。執筆者102名が綴った、沖縄を知り尽くす事典。ポケットサイズの決定版。

サロメの乳母《うば》の話《はなし》

新潮文庫　し-12-11

平成十五年四月一日 発行
平成十九年五月三十日 六刷

著者 塩《しお》野《の》七《なな》生《み》
発行者 佐藤隆信
発行所 株式会社 新潮社
郵便番号 一六二―八七一一
東京都新宿区矢来町七一
電話 編集部(〇三)三二六六―五四四〇
読者係(〇三)三二六六―五一一一
http://www.shinchosha.co.jp

価格はカバーに表示してあります。

乱丁・落丁本は、ご面倒ですが小社読者係宛ご送付ください。送料小社負担にてお取替えいたします。

印刷・二光印刷株式会社　製本・憲専堂製本株式会社

ISBN978-4-10-118111-0 C0193